Flucht von der Erde

Die Evolution des Lebens

Flucht von der Erde

Die Evolution der Menschheit

von Ingo Worm

Herausgeber: Books on Demand

Bibliografische Information der Deutschen
Nationalbibliothek: Die Deutsche Nationalbibliothek
verzeichnet diese Publikation in der Deutschen
Nationalbibliografie; detaillierte bibliografische Daten sind
im Internet über dnb.dnb.de abrufbar.

Verlag: BoD • Books on Demand GmbH, In de Tarpen 42,
22848 Norderstedt
Druck: Libri Plureos GmbH, Friedensallee 273,
22763 Hamburg

ISBN: 978-3-7597-0297-5

Erstes Kapitel – Der erste Kontakt

„El Dorado, bitte sofort in die Kommunikationszentrale kommen!" klang es aus der Surroundanlage des Pentagon. Er hatte gerade seine Wiederaufbaupause begonnen und reagierte etwas genervt. Zehn Jahre Dienst in dieser Zitadelle des Wahnsinns und nicht einmal Pausen gönnen sie einem!

„Was'n schon wieder los?" fragte er, als er den steril anmutenden Raum betrat.

Die Erde im Jahre 2158, jede Menge High Tech, doch die Menschen kamen überhaupt nicht mehr mit. Politisch hatte sich in den letzten Jahrzehnten einiges getan, am kritischen Gesamtzustand der Erde konnte dies allerdings nichts ändern.

Europa hatte sich ohne Großbritannien zu einem Staatenbund vereinigt und ging die Probleme überwiegend gemeinsam an. Die seit Anfang des Jahrtausends fortschreitende Erderwärmung hatte dazu geführt, dass Millionen von Migranten aus den Inselstaaten aller Weltmeere wie auch die durch Trockenkatastrophen hungernden und leidenden Menschen anderer Länder in die vermögenden Staaten der Welt einwanderten. Viele Küstenregionen waren ebenfalls unbewohnbar geworden und mussten dem Meer überlassen werden.

Europa, die U.S.A.A. , also United States of All Amerika, jetzt gemeinsam mit Süd- Mittel- und Nordamerika, die russische Konföderation und das fast vereinigte Asien mit China und Indien hatten darauf erstaunlich angemessen reagiert und diese Menschen aufgenommen. Afrika war immer noch das Armenhaus der Welt und deren Müllkippe zugleich. Australien, Neuseeland und Großbritannien kooperierten je nach Lage der Dinge, waren aber ansonsten relativ unabhängig und neutral.

Der Meeresspiegel war um 30 m angestiegen, die mittlere Temperatur hatte sich um 3 Grad erhöht. Trotz technischer Innovationen war es zu spät gelungen, die Erderwärmung zu stoppen.

Nach dem nuklearen Angriff Nordkoreas auf die U.S.A. im Jahre 2043, der zwar abgewehrt werden konnte, hatten China und Indien gemeinsam den alternden Diktator Kim Jong Un erschießen lasen und danach in einem zähen und Jahrzehnte langen Prozess eine asiatische Konföderation gegründet. Pakistan sowie Vietnam, Laos, Kambodscha, Indonesien und Südkorea sowie viele Staaten der Region hatten sich nach und nach angeschlossen. Es war eine neue Großmacht mit 3,5 Milliarden Menschen gebildet worden. Japan schloss sich damals den U.S.A.A. an und alle Saaten des amerikanischen Kontinents schlossen sich als Reaktion auf dieses asiatische Bündnis im Jahre 2081 ebenfalls komplett zusammen. Russland hatte viele Staaten der ehemaligen Sowjetunion teils durch militärische Überlegenheit, teils durch massive Einflussnahme auf Wahlen, zu einer neuen, starken russischen Konföderation wieder vereint.

Die einzige geopolitisch gute Entscheidung war, dass sich die Staatenbündnisse im Jahre 2112 auf Englisch als Weltsprache verständigt hatten. Entscheidend dafür war Indien, denn die 1,6 Milliarden Menschen sprachen als Hauptsprache schon sehr lange Englisch und in allen Saaten war es bereits erste Fremdsprache geworden. Die regionalen Dialekte und Heimatsprachen lebten natürlich in den Traditionen weiter.

Das politische Gleichgewicht der vier großen Bündnisse hing am seidenen Faden, die Aufrüstung hatte neue Höhepunkte erreicht und regelmäßig kam es zu Drohungen, diese Waffen auch einzusetzen, wenn einem der überforderten Gremien der Staatenbunde irgendetwas nicht in den Kram passte.

So taumelte die Weltgemeinschaft ohne viel Sinn und Verstand durch die Zeiten. Hätte jemand zu diesem

Zeitpunkt vorhergesagt, was sich in den nächsten Monaten und Jahren ereignen würde, wäre er als einer von vielen Spinnern in den sozialen Netzwerken zerrissen worden.

El Dorado, Kommandant des Pentagon, bemerkte sofort, dass etwas Außergewöhnliches vorgefallen sein musste, denn so ruhig hatte er den großen Raum voller Menschen noch nie erlebt. Und er bemerkte auch gleich darauf, warum dies so war. Auf der holografischen Konsole sah er zehn würfelförmige Raumschiffe. Die orbitale Raumüberwachung sowie die Raumstation der Amerikaner hatten zeitgleich Alarm ausgelöst. Anscheinend waren die Raumschiffe wie aus dem Nichts plötzlich aufgetaucht. Die Würfel hatten eine Kantenlänge von ca. 500 Metern, bewegten sich nicht und „hingen" etwa 5.000 km über dem Globus.

„Versuchen Sie umgehend, Kontakt mit den Raumschiffen aufzunehmen. Sämtliche Frequenzen, das volle Programm, wir haben das ja tausendmal durchgespielt!" befahl El Dorado dem leitenden Kommunikationstechniker Jim Tatcher. „Wir müssen wissen, ob sie friedliche oder invasive Absichten haben."

„Natürlich ist das eine feindliche Invasion!" schrie Joe Digger, 2. Offizier und ständiger Scharfmacher der Zentrale.

El Dorado blickte ihn einen Augenblick lang an. Nachdenklich informierte er die extraterrestrische Abwehr. Zunächst auf Stand By, aber bereit, jederzeit einzugreifen.

Sicher ist sicher, dachte er sich, doch zunächst gehe ich von einer friedlichen Absicht aus!

Der Abwehrchef Klaus Demeter reagierte gelassen. Die Weltraumabwehr war eigentlich auf Angriffe von der Erde aus ausgerichtet, um Interkontinentalraketen anderer Staaten abzufangen. Ist ja mal was ganz Neues, murmelte er vor sich hin. Mal sehen, wie sich das hier entwickelt. Hört sich auf jeden Fall spannend an!

2

„Riesige Energievorkommen auf Test 2357! Meldete der biochemische Sensor des Würfelschiffes."

„Sprachanalyse der Nachkommen läuft: erste Ergebnisse übertreffen alle Vorhersagen der zentralen Computersimulationen unseres Volkes der Brachtvlechlevv."

„Der „degenerierten Brachtvlechlevv" hätte dieser Kasten richtiger melden müssen!" bemerkte Re - Pal verbittert aus seinem Kommandosessel. „Unser großes Volk existiert doch nur noch in seiner Programmierung!" „Aber mein lieber Re - Pal! Wer wird denn so verbittert sein! Die Analyse ist doch sehr ermutigend!" erwiderte Ra - Tul. „Dir macht es wohl nichts aus, unsere Technik, an der unser Volk zehntausende von Jahren gearbeitet hat, einer noch unreifen Zivilisation anzuvertrauen!" „Aber diese Zivilisation muss etwas Besonderes sein, sie hat sich bei den vielen Tests als einzige erfolgreich durchgesetzt und weiterentwickelt. Das ist immer noch besser, als unsere Errungenschaften einer verrückten Robot- Positronik zu überlassen! Maschinenwesen sind nicht die Lösung, das haben unsere anderen Versuche eindeutig gezeigt!" verteidigte Ra - Tul den Test 2357.

„Im Grunde hast Du ja Recht" gab Re - Pal nach, „aber ich habe das Gefühl, dass dieses Volk noch sehr viele Schwierigkeiten machen wird! Es ist nicht durch natürliche Evolution aus sich selbst heraus entstanden, sondern durch ein Experiment unserer Spezies!" „Und wir konnten schließlich nicht ahnen, dass diese eigentlich intelligenten Wesen Kämpfe untereinander um die Vorherrschaft auf diesem Planeten ausfechten würden und diese Bewohner sich nicht, wie es sinnvoll gewesen wäre, schnell zu einer gemeinsamen Zivilisation entwickelt haben! Auf diesem Planeten gibt es unfassbar viele Waffensysteme!"

„Auf jeden Fall wird es Zeit, dass die Invasoren aus Andromeda wieder einen ernstzunehmenden Gegner bekommen!" schloss Re - Pal den kleinen Diskurs ab.

„Test 2357 sendet Radarstrahlen aus!" meldete der Sensor. Ra - Tul war verblüfft. Das hatte er nicht vermutet. „Test 2357 sendet einen gerichteten Funkspruch an uns!" gab der Sensor erneut von sich. „Betroffenes Objekt ist die KULTRA!" „Dieser Scheißkasten mit seiner Sachlichkeit!" rief Re - Pal. „Dieses Volk ist technologisch viel weiter, als wir vermuten konnten! Der Orbit rund um den Planeten wimmelt nur so von Satelliten und Raumstationen," bemerkte Ra - Tul bewundernd.

Er lief sofort zur Kommunikationsebene. Jetzt hatte er die Gelegenheit, nach 200.000 Jahren des Wartens das Ergebnis des Tests 2357 zu sehen und zu hören. Er war davon angetan, überrascht und enttäuscht. Ra - Tul sah und hörte ein hellhäutiges, muskulös gebautes Wesen mit hellbraunen Haaren auf dem Kopf. Der Kommunikator übersetzte folgende Worte: „Kommen Sie friedlich oder feindlich?"

Ra - Tul wusste im ersten Augenblick nicht so recht, was er sagen sollte. Dieses Wesen zeigte sich nicht im Geringsten überrascht, einen schwarzhäutigen Außerirdischen vor sich zu sehen, der obendrein noch einen riesigen Kahlkopf besaß.

Ra - Tul antwortete:" Wir kommen friedlich, um Ihnen zu helfen! Wir werden LUNA anfliegen und dort landen. Ein Schiff bleibt stationär im Orbit und wird auf zehn Kugelraumer warten, die bald eintreffen. Lassen Sie sich durch uns nicht stören. Wir melden uns wieder!" Ra - Tul deaktivierte die Verbindung. Er hoffte, dass das Wesen ihn verstanden hatte, aber das würde sich zeigen. Jetzt hing alles davon ab, wann die zehn Kugelraumschiffe, die für die Bewohner von Test 2357 bestimmt waren, einträfen. Und natürlich hing sehr viel von den Wesen dieses Planeten ab. Sie spielten hier eindeutig die Hauptrolle für die Zukunft!

Nachdem El Dorado das Gespräch mit dem Außerirdischen beendet hatte, herrschte bedrückendes Schweigen im Raum. Nach den ersten Worten des Fremden hatten einige Männer und Frauen aufgeschrien. Die Stimme hörte sich für Menschen schrill und ohne jede Emotion an. Es war für menschliche Ohren eine eisige, tote Stimme.

Selbst El Dorado war im ersten Augenblick von der Erscheinung des fremden Wesens, der stark an einen Farbigen erinnerte, beeindruckt, ließ sich aber nichts anmerken.

Und er verstand es besser als jeder andere, seine Gefühle hinter einer steinernen Maske zu verbergen.

„Eine Invasion von Farbigen!" rief Joe Digger. „So etwas gibt es doch gar nicht!"

„Es ist allerdings seltsam, das diese Wesen den Farbigen unserer Welt in so fataler Weise ähnlich sehen!" gab El Dorado zu. „Aber von einer Invasion zu sprechen, entbehrt wohl jeder Grundlage! Sie haben es selbst gehört: die Fremden wollen uns helfen!"

„Würde ich auch sagen, wenn ich in aller Ruhe eine Invasion vorbereiten wollte!" bestand Digger auf seiner Theorie. „Die wollen uns in Sicherheit wiegen, bis die Verstärkung eintrifft. Das ist wohl nur die Vorhut, um die Lage hier zu sondieren und unsere Reaktionen zu testen!"

„Lassen Sie das mal ruhig den Abwehrchef beurteilen!" wies El Dorado ihn zurecht.

„Ich werde nicht tatenlos zusehen, wenn Sie hier alle überfordert sind mit der Situation" erwiderte Digger. „Ich werde geeignete Maßnahmen ergreifen!" Wütend verließ er den Raum.

„Warum ärgerst Du Digger immer so?" grinste Klaus Demeter. „Er hat angefangen!" lächelte Dorado zurück. „Aber ich hoffe, er macht jetzt keine Dummheiten!"

„Die Abwehr liegt immer noch in meinen Händen!"
beruhigte Demeter ihn. „Was gedenken Sie jetzt zu
unternehmen?" unterbrach Jim die beiden.

„Ich nehme das nächste Shuttle zum Mond, ist doch
klar! Ich muss Gewissheit haben. Wenn ich erfolgreich bin,
kehre ich mit den „Invasoren" als Verbündete zur Erde
zurück. Bevor es die Russen, Asiaten oder Europäer tun!"
sagte Dorado. „Jim, hast du schon die Mondstation
informiert? Wissen die von den 9 Würfelschiffen, die dort
landen wollen?" „Ja, die sind auf dem neuesten Stand!"
antwortete Jim. „Ich habe empfohlen, zunächst
abzuwarten. Aber die Besatzung ist ziemlich gelassen. Ist ja
sonst auch eher etwas öde da oben!"

„Warum willst du unbedingt da hinfliegen?" fragte
Klaus. Der Kommandant der Mondstation kann doch
ebenso gut mit den Fremden sprechen!" „Ich nehme die
Dinge lieber selbst in die Hand, dann kann ich sicher sein,
dass es auch erledigt wird! „ entgegnete El.

„Und durch einen bedauerlichen Zufall kommst Du bei
dieser heroischen Aktion dann ums Leben!" hielt Klaus
ihm entgegen. Die beiden verband eine lange Freundschaft,
sie hatten gemeinsam auf der Militärakademie studiert und
hinterher eine steile Karriere hingelegt. Beide vertrauten
sich blind. „Ich würde hier lieber warten, bis die Typen
sich wieder melden, wie sie versprochen haben. Oder eben
auf die Reaktionen vom Mond. "

„Ich habe mich schon entschieden!" bestand El auf
seinem Plan. „Daran wird mich niemand hindern, aber
danke für deine Sorgen um mich!"

„Du machst die Rechnung ohne deine Frau!" gab Klaus
zu bedenken. Die Männer und Frauen in der Zentrale
konnten sich ein Lachen nicht verkneifen. „Meine Frau ist
eine der führenden Physikerinnen unserer Nation! Sie wird
sich meinem Plan definitiv nicht in den Weg stellen. Sie
würde sicher am liebsten mitkommen!" entgegnete El.

„Du bist der König der Optimisten!" lachte Klaus. „Und darum fliege ich umgehend zum Mond!" El sprach es aus und verließ den Raum.

Die Raumfähre würde in einer Stunde starten und ihn in ca. 5 Stunden zum Mond bringen. Wenn alles klappte. Aber er hatte die Rechnung ohne die anderen Supermächte der Erde gemacht! Die asiatisch - chinesisch - cooperativen Staaten, kurz ACCS, hatten am schnellsten auf die Anwesenheit der außerirdischen Raumschiffe reagiert und ebenfalls einen Raumgleiter der besonderen Art auf den Weg gebracht.

Die letzte Stunde vor dem Start verbrachte El mit seiner Frau in seiner Wohnanlage nahe dem Startfeld. Sie wollte ihn keinesfalls vom Start zum Mond abbringen, sondern bestand darauf, mitzufliegen. Silvie Dorado war eine schlanke Frau Mitte der 30er und machte einen drahtigen Eindruck. Ihre gewellten braunen Haare trug sie immer noch offen und sie war mit ihren dunkelbraunen Augen und dem ebenmäßigen, eher dunklen Teint eine fast exotische Erscheinung. Sie hatte ihren Mann auf der Militärakademie kennen- und lieben gelernt. Beide waren zusammen mit Klaus Demeter damals ein unschlagbares Team gewesen und hatten schon während ihres Studiums einige bahnbrechende Forschungsergebnisse hervorgebracht. Silvie hatte ihren Schwerpunkt auf die physikalischen Auswirkungen von menschlichen Emotionen gelegt und dabei mit den Untersuchungen ihres Kommilitonen El Dorado über die Rolle von Aggressionen bei militärischen Auseinandersetzungen kombiniert. Viele hielten diese Forschungen für völlig abwegig. Die Ergebnisse schienen von vornherein klar zu sein, zu oft war schon darüber geforscht worden. Doch Silvie war überzeugt von der Idee, dass das menschliche Bewusstsein durch Training in der Lage sein musste, physikalische Prozesse in Gang zu setzen. Das bedeutete nicht weniger als die Steuerung von Prozessen durch Geisteskraft, früher als Telekinese bezeichnet. Diese Forschung brachte sie mit

14

Laura Nightingale zusammen, die ebenfalls an der Akademie forschte, und zwar auf dem Gebiet der emphatischen Kommunikation von Menschen, oft als Telepathie bezeichnet. Laura und Silvie waren ebenfalls befreundet, allerdings gab es immer mal kleine Differenzen, wenn es um El ging. Manche nannten es Eifersucht, was beide natürlich weit von sich wiesen. Schließlich hatte Silvie sich „ihren" El dann geangelt. Laura arbeitete jetzt ebenfalls im Pentagon und hatte ein Programm zur Schulung von Menschen im Umgang miteinander ausgearbeitet, um Spannungen beim Arbeiten in einem eng begrenzten Umfeld zu vermeiden. Silvie hatte sich nach der Heirat mit El ein wenig aus der Forschung zurückgezogen und schrieb für verschiedene wissenschaftliche Redaktionen Abhandlungen über physikalisch-mentale Phänomene. „Ich möchte dich da nicht alleine hinfliegen lassen, El!" versuchte sie ihn zu überzeugen. „Als Wissenschaftlerin bin ich prädestiniert für eine solche Mission, dass musst selbst du zugeben!" „Ich gebe gar nichts zu!" erwiderte El scherzhaft. „Die „Schwarzen" haben mich am Holophon gesehen und erwarten daher auch mich als Kontaktperson, davon bin ich überzeugt! Außerdem bekommen die sicher einen schönen Schreck, wenn sie eine wunderschöne irdische Frau zu sehen bekommen! Das wollen wir doch nicht riskieren, oder?"

„Sehr witzig! Möglicherweise gibt es bei denen auch zwei Geschlechter und die finden das dann ganz passend mit mir! Außerdem wäre es nicht gut, denen die Intelligenz unserer Art zu verheimlichen!" „Willst du damit andeuten, dass mein alleiniges Erscheinen eine derartige Verheimlichung bedeuten könnte?" erwiderte El amüsiert. Seine Frau und er hatten große Freude an solchen Wortgefechten. „Ich will das nicht andeuten, ich bin davon überzeugt!" lachte sie zurück.

„Liebling, bitte, bleib hier und halte mir den Rücken frei!" warb er jetzt für seinen Plan. „Falls mir wirklich etwas passiert, ist es wichtig, dass du hier alles unter Kontrolle behältst!"

Seine Frau umarmte ihn. „El, versprich mir, dass du heil zurückkommst!" „ Ich verspreche es dir, Silvie!" gab er zurück. „Stell' dir vor, welche Möglichkeiten uns die Technologie der Fremden bringen können! Ich muss versuchen, sie auf unsere Seite zu ziehen, bevor es andere tun und versauen!

Die beiden küssten sich zum Abschied leidenschaftlich. „Bleib mir treu!" scherzte sie noch einmal. „Komme mir nicht mit einer farbigen außerirdischen Schönheit zurück!"

El verließ die Villa und legte die Strecke zur Raumfähre mit seinem Elektrogleiter zurück. Fahrzeuge mit Rädern gab es längst nicht mehr, weil diese zu viel Energie benötigten, um sich zu bewegen. Die neueren E-Gleiter schwebten ca. 50 cm über dem Boden. Die Straßenbeläge bestanden aus einem völlig neuartige Material, welche perma - magnetische Eigenschaften hatten. Dadurch konnten Fahrzeuge mit geringem Energieaufwand im Schwebezustand gehalten werden. Es hatte zwar viele Jahrzehnte gedauert, bis wirklich sämtliche Beläge entsprechend erneuert wurden, aber nach ca. 100 Jahren waren es so gut wie alle Straßen komplett durchsaniert worden.

Züge glitten auch ohne Räder auf Magnetkissen über ein Monogleis. Es hatte sich vor vielen Jahrzehnten gezeigt, dass der mikroskopisch feine Reifenabrieb vieler Milliarden Fahrzeuge extrem schädlich für den Kreislauf der Elemente der Erde waren und daher wurden Räder und Reifen komplett ersetzt.

Die Mobilität war dadurch emissionsfrei, lautlos und sehr angenehm.

Nach wenigen Minuten hatte El Dorado sein Raumschiff erreicht und betrat das Cockpit. Er legte den Raumanzug an, befestigte die Gurte und wartete auf den Countdown.

Fast zeitgleich spielte sich in Asien ganz ähnliches ab.

16

„Count Down läuft!" meldete der Bordcomputer. El Dorado war in Gedanken schon auf dem Mond. „Luna" hatte der Fremde ihn genannt. Seltsam. Das war Latein. Was wussten diese Wesen von den Menschen? Wurden sie vielleicht schon lange observiert? Hatten die Fremden die Mondstation der Menschen entdeckt und wollten deshalb dort landen? Warum blieben sie nicht im Orbit und warteten dort auf diese „Kugelraumer"? In 5 Stunden würde er den Mond erreicht haben und mehr erfahren. Hoffte er zumindest. Sein Shuttle startete und landete zwar senkrecht, sah aber eher wie ein Jagdflugzeug aus, mit Deltaflügeln. Das Teil konnte auch auf Flughäfen landen. Allerdings nicht starten. Die neuartigen Triebwerke verursachten eine zu große Hitze. 3,2,1,Zero! Im Moment des Starts dachte El plötzlich an Joe Digger! Irgendwie hatte er das sichere Gefühl, dass dieser unüberlegte junge Offizier noch Ärger machen würde. Ein Schauer lief ihm über den Rücken. Das Shuttle verließ den Orbit und schoss dem Mond entgegen. Er wollte gerade Kontakt mit der Zentrale aufnehmen und melden, dass alles klar war und er auf dem Weg zum Mond, da gab es plötzlich einen starken Ruck, der ihn gegen die Gurte presste. Gleichzeitig bemerkte er, dass die Funkverbindung von starken Störfeldern überlagert wurde.

4

„Er kommt bestimmt nicht mehr zurück!" orakelte Joe Digger, der eben wieder in der Zentrale erschienen war. „Er wird bestimmt gefangengenommen und verhört!" „Sie sollten sich lieber Gedanken über die starken Störfelder machen, die unsere Funkverbindungen plötzlich überlagern!" entgegnete Jim Tatcher verärgert. „Ist doch klar!" rief Digger, „die verhindern mit diesen Störungen, dass wir in Verbindung mit El Dorado bleiben! Außerdem können wir unsere Mondstation nicht erreichen und erfahren, was die Invasoren dort so treiben!" „Sie machen die Fremden dafür verantwortlich? Und was, wenn Europa oder Asien daran Schuld ist? Die haben sicher schon bemerkt, was hier läuft und sind über die fremden Raumschiffe informiert!" Tatcher machte sich an der Programmierung der Funkanlage zu schaffen. „Hey, seht Euch das an!" rief er plötzlich. „Ich habe eine Radarortung von El`s Shuttle. Gleich daneben befindet sich ein Materiefänger der ACCS. Die Traktorstrahlen haben seinen Shuttle anscheinend blockiert."

„Ist ja unglaublich!" meinte Klaus Demeter, der eben wieder auftauchte. „Wieso habe ich in der Abwehrzentrale davon nichts mitbekommen?" „Totaler Funkausfall auf dem ganzen Planeten!" antwortete Jim Tatcher. „Keine Ahnung, wer das zu verantworten hat." „Nur das Radar scheint noch Signale zu empfangen".

Entsetzt sahen jetzt alle auf den Radarschirm. Der Punkt von Els Shuttle war plötzlich verschwunden. „Das ist unmöglich!" rief Jim. „Wo ist das Shuttle?" „Ich empfange kleine schwache Radarechos auf dem Schirm". „Das sind die Reste vom Shuttle!" rief Joe. „Die ACCS haben ihn einfach abgeschossen! Es wird Zeit, dass sich hier endlich jemand um die Sache kümmert! Ihr seid anscheinend alle total verstrahlt und naiv!" Damit verließ Digger zum zweiten Mal den Raum. Er lief direkt in die Abwehrzentrale des Pentagon. Als 2. Offizier hatte er Zugang zu allen Stationen und natürlich auch Zugriff auf die Abwehr. Digger hatte bei seiner Ernennung zum 2. Offizier der Abwehrzentrale sämtliche Sicherheitsfragen bestanden. Er hatte seinen Dienst stets vorschriftsmäßig, sogar oft übereifrig versehen. So war er zu einem der wichtigsten Mitarbeiter im Pentagon aufgestiegen. Seine privaten Ansichten und überhaupt sein Leben außerhalb des Dienstes blieben aber unbekannt. Digger lebte alleine in Washington in einem sehr großen Appartement. Angehörige hatte er keine. Für Sonderschichten stand er daher auch immer zur Verfügung. Einzig El Dorado konnte kein rechtes vertrauen zu ihm aufbauen.

Irgendetwas hatte ihn immer an Joe Digger gestört. Es war immer nur so ein Gefühl gewesen, und zwar kein wirklich gutes. Doch die anderen vertrauten ihrem 2. Offizier, denn den Fakten nach war er nahezu perfekt.

Jetzt lief Joe auf Umwegen, um nicht aufzufallen, in die Abwehrzentrale und blickte auf die Konsole der Raumüberwachung und die Bedienelemente der Raketensilos. Mit einem Lächeln setzte er sich vor die Apparate. Er war entschlossen, zu handeln.

5

El Dorado löste seine Gurte und deaktivierte die Triebwerke. Gegen einen Traktorstrahl der ACCS hatte sein Shuttle ohnehin keine Chance. Der Versuch, Kontakt zu dem ACCS Raumschiff herzustellen, verlief ohne Erfolg. Fieberhaft suchte er nach einem Ausweg. „Ich muss hier so schnell wie möglich raus!" schoss es ihm durch den Kopf. Dachte es und hatte schon seinen Helm geschlossen, seinen Raumanzug verschlossen und war auf dem Weg zur Luftschleuse. Sie ließ sich leicht öffnen und El schwebte in den Weltraum. Er steuerte mit den Düsen direkt auf das ACCS Raumschiff zu. Fast gleichzeitig mit dem Erreichen der Außenhülle des Materiefängers sah er sein Shuttle explodieren. Die Schleuse des asiatischen Schiffes öffnete sich und El konnte den Innenraum betreten. Nachdem sich das Außenschott geschlossen hatte, öffnete El seinen Helm, in der Annahme, die Luft im Schiff sei O.K. Doch schon nach den ersten Atemzügen fiel er in eine tiefe Ohnmacht.

Er erwachte in einem kleinen, grauen Raum und war auf einer Liege fixiert. Und er sah direkt in das grinsende Gesicht eines kahlköpfigen Asiaten, dessen Glatze anscheinend dauernd poliert zu werden schien, denn sie glänzte stark. „ Hat mein kleiner Amerikaner ausgeschlafen?" fragte er in einem spöttischen Ton.

Der Asiat hatte die Statur eines früheren Sumo - Ringers. „Du hast Glück gehabt, dass wir dich reingelassen haben. Aber als Geisel bist du wertvoller als wenn wir dich dem Vakuum überlassen hätten." El`s Gedanken rasten. Er analysierte seine Chancen, aus dieser Nummer lebend rauszukommen. Die Fixierung auf der Liege war relativ locker und er konnte seine Arme leicht bewegen. Stück für Stück arbeitete er seine Hände heraus, ohne dass dies von seinem selbstgefälligen Gegner bemerkt wurde.

Die ACCS hatten sich als zweite Macht der Erde etabliert und Russland sowie Europa weit abgehängt. Technologisch hatten sie einige bahnbrechende Erfindungen in der Raumfahrt realisiert. Die Technik des Traktorstrahls war einzigartig und ein gut behütetes Geheimnis. Damit hatten sie im dicht besetzten Raum um die Erde auch wirtschaftlich große Erfolge erzielt, indem sie den Weltraumschrott ausgedienter Satelliten günstig entfernen konnten. Der Traktorstrahl fing zunächst den Satelliten ein um ihn dann mit umgepolter Energie mittels eines kräftigen Schubes in die Erdanziehungskraft zu katapultieren und dort in der Atmosphäre verglühen zu lassen. Genial einfach und extrem effizient. Wenn die ACCS jetzt zuerst auf dem Mond landeten und die Außerirdischen auf ihre Seite ziehen würden, hätten sie alle Trümpfe der Zukunft in der Hand. Dies musste El unbedingt verhindern!

„Falls es Dich interessiert: in genau 3 Sunden und 32 Minuten landen wir auf dem Mond und zeigen den Invasoren, wer hier auf der Erde das Sagen hat!" Der Kahlkopf schüttelte sich vor Lachen und genau in diesem Moment zog El seine Hände aus den Schlaufen der Liege, löste damit blitzschnell seinen Oberkörper und die Füße. Noch bevor der Riese reagieren konnte, warf sich El mit aller Macht gegen den Kahlkopf und dieser schwebte überrascht nach hinten, genau mit dem Kopf auf die Kante eines Tisches. Bewusstlos sackte er in sich zusammen.

„Glück gehört eben auch dazu!" dachte El und machte sich an der Tür zum Kommandoraum zu schaffen. Ein Schloss mit Iris- Scanner. Auch das noch! Er hob den fetten Asiaten hoch und versuchte, ihm ein Auge zu öffnen. Gleichzeitig lenkte er ihn mit dem Kopf voran in Richtung Scanner. Dank der Schwerelosigkeit konnte er den schlaffen Körper und das eine Auge vor den Scanner drehen. Die Tür glitt lautlos auf und El ließ den Koloss erleichtert los. Der Pilot im Kommandoraum des Materiefängers staunte nicht schlecht, als El plötzlich vor ihm stand. Der Kampf dauerte nicht lange, denn diesmal hatte El alle Vorteile auf seiner Seite. Der Pilot hatte anscheinend keinerlei Kampferfahrung und El hatte ihn nach einem sehr kurzen Schlagabtausch bewusstlos geschlagen. Solche Aktionen kosteten in der Schwerelosigkeit viel Kraft und El`s durchtrainierter 189 cm großer Körper war hier sehr hilfreich.

„Ich darf keinerlei Risiko eingehen!" schoss es ihm durch den Kopf. Er musste alle seine ethischen Vorbehalte zur Seite schieben. Schnell schob er den Piloten zum Sumo - Ringer und danach beide in die Luftschleuse. Er setzte seinen Helm auf und schloss die Schleuse, in der sich jetzt seine beiden Gegenspieler und er befanden. El begab sich wieder ins Innere des Raumschiffes. „Für die Zukunft einer friedlichen Erde!" beruhigte er sich, als er die äußere Schleuse öffnete und die beiden Männer vom Unterdruck in den Weltraum gezogen wurden. El fühlte sich leer und stumpf. Noch nie zuvor hatte er einen Menschen getötet! Er schwor sich, dies sollte sich auch niemals wiederholen!

6

„Wenn diese Störfelder doch endlich verschwinden würden!" lamentierte Jim. „Diese Ungewissheit ist Nerven zermürbend!"

„Wenigstens die Radarimpulse kommen noch teilweise durch!" tröstete ihn Klaus. „Und der Materiefänger der ACCS befindet sich auf dem Weg zum Mond. So wie es aussieht, erreichen sie ihn in gut 3 Stunden." „Dann versuchen die ACCS tatsächlich, als erste Macht Kontakt zu den Außerirdischen aufzunehmen. Inzwischen befindet sich nur noch ein Würfelraumschiff in der Erdumlaufbahn, die anderen neun sind auf dem Mond gelandet, soweit mich die Radarimpulse nicht täuschen. Sie befinden sich in der Nähe unserer Mondstation. Leider können wir zu denen keinerlei Kontakt aufnehmen. Die sind jetzt ebenfalls auf sich selbst gestellt. " Jims Augen blickten leer auf die Anzeigen. „Wenn El tatsächlich bei der Explosion seines Shuttles umgekommen ist, sieht es schlecht aus für uns!" sagte er gedankenverloren. „Vielleicht sind denen die Asiaten ja nicht so sympathisch wie wir!" warf Klaus ein. „Du scherzt" erwiderte Jim. „Glaubst du im Ernst, beim Erstkontakt zu einer außerirdischen Spezies kommt es auf Sympathiewerte an?" „Warum nicht?" verteidigte Klaus seine Hoffnung. „Wir müssen auf jeden Fall etwas unternehmen und können den Lauf der Dinge nicht dem Zufall oder Glück überlassen!" sagte Jim. Er konnte nicht wissen, dass schon ein anderer „etwas" unternommen hatte, um die Ereignisse entscheidend zu beeinflussen.

-

El versuchte, den Materiefänger so weich wie möglich auf dem Mond zu landen. Dieses Raumschiff der ACCS war für solche Manöver nur bedingt tauglich und daher verfehlte er sein Ziel, möglichst dicht neben den neun Würfelraumern und der Mondstation zu landen, um gute zwei Kilometer. Immerhin schien seine Landung wegen der geringen Schwerkraft des Mondes ohne Beschädigungen abgelaufen zu sein und schließlich war alles um ihn herum lautlos und bewegungslos. Er konnte nur eine graue Staubwolke wahrnehmen, die seine Landung aufgewirbelt hatte.

El schloss den Helm seines Anzugs und öffnete das Außenschott. Mit einem beherzten Sprung schwebte er zur Mondoberfläche und landete federnd im Mondstaub. Sollte er zur Mondstation oder zu den Würfelschiffen laufen? Er entschied sich für den direkten Kontakt. Mit langen Sätzen hüpfte er auf die Würfelschiffe der Fremden zu. Als El etwa ein Viertel der Strecke zurückgelegt hatte, sah er ein fremdartiges Fahrzeug auf sich zuschweben. Schon wollte er sich über sein erneutes Glück freuen, da wurde seine Glückssträhne auf eine harte Probe gestellt. Das schwebende Fahrzeug kam unaufhaltsam und mit großer Geschwindigkeit auf ihn zu. Direkt auf ihn zu. Mit konstantem Tempo. Ihm lief der Schweiß über die Stirn. Noch 10 Meter. Konstantes Tempo. Noch 5 Meter. Ausweichen war unmöglich! El war unfähig, sich zu rühren. Noch 1 Meter.

Seine Gedanken wirbelten durcheinander. Sollte doch alles umsonst gewesen sein? Er, der sonst einen so ungebrochenen Kampfgeist besaß, hatte bereits mit seinem Leben abgeschlossen, als das Fahrzeug wenige Zentimeter vor ihm abrupt stoppte. Es stand hautnah vor El Dorado.

Er hatte keine Zeit, aufzuatmen, da öffnete sich auch schon ein Schott und ein Wesen von hoher Gestalt kam auf ihn zu. Es schien etwas zu sagen, aber El hörte keinen Laut.

Durch Gesten machte er El klar, dass er ihm in das Fahrzeug folgen sollte. Im Mondfahrzeug konnten sich die beiden durch einen Translator verständigen. El erfuhr, dass die Fremden schon auf ihn gewartet hatten und nun jede Minute das Eintreffen der 10 Kugelraumschiffe erwarteten. El sah durch die transparente Kuppel des Fahrzeugs zum Himmel. Die Erde ging gerade am Mondhorizont unter und die Sonne war noch nicht zu sehen. Durch die Dunkelheit sah El plötzlich einen sehr hellen Punkt am Mondhimmel, der schnell größer zu werden schien. Das konnte entweder ein Raumschiff oder ein Asteroid sein. Der Fremde nahm davon anscheinend keine Notiz. Immer heller wurde der Punkt, jetzt konnte El ein anderes Raumschiff ausschließen. Er war sich sicher: ein Asteroid raste auf den Mond zu. Keine Seltenheit, das war ihm schon klar. Allerdings wurde ihm auch klar, dass der Himmelskörper so ziemlich genau auf sie zugerast kam.

7

Mit fiebrig glänzenden Augen nahm Joe Digger die Programmierung der Interkontinentalraketen vor. Was Klaus Demeter nicht wissen konnte, war, dass Joe vor einiger Zeit das Passwort von ihm „gestohlen" hatte und sich damit in die Lage versetzte, die Abwehr alleine in Betrieb zu setzen. Eigentlich galt hier das „vier Augen Prinzip", zur Sicherheit gegen Missbrauch. Doch Joe war schon immer überzeugt davon gewesen, dass nur er intelligent genug war, um komplexe Situationen angemessen analysieren zu können und darauf zu reagieren. Er hatte nur noch einen Gedanken: die Eindringlinge mussten vernichtet werden, bevor sie die Erde besetzen konnten. Und in seiner fanatischen Überzeugung, die Menschheit vor einer Invasion zu retten, beging er einen tödlichen Fehler. Tödlich zumindest für einen Großteil der irdischen Zivilisation!

Er aktivierte den Count- Down von 105 Hyperschallraketen mit atomaren Sprengköpfen. Diese Raketen, bisher als Abschreckung gegenüber den anderen Machtblöcken der Welt unverzichtbar, sollten die zehn Raumschiffe der Invasoren vernichten, bevor diese auf dem Mond landen konnten. Dass es dafür bereits zu spät war und sich nur noch eines der Würfelschiffe im Orbit befand, machte die Sache etwas schwieriger. Er ließ 90

24

Raketen zum Mond starten, die anderen zum zehnten
Würfelschiff im Weltraum über der Erde. Bei „Zero"
verließ er zufrieden die Feuerleitzentrale des Pentagon und
lief zu seiner Privatkabine. Dort setzte er sich auf seine
Liege und starrte einen Augenblick einfach nur so vor sich
hin.

-

„Wir müssen so schnell wie möglich von hier
verschwinden, sonst werden wir von dem Asteroiden
getroffen!" rief El dem Fremden zu. Durch den Helm des
Wesens konnte er den schwarzen, großen Kopf deutlich
sehen. Dieser wandte sich ihm kurz zu. „Sie werden sehen,
dass wir solchen Gefahren mit unserer Technik schon lange
nicht mehr ausgeliefert sind!" entgegnete er nur kurz.
„Wollen Sie den Asteroiden etwa ignorieren und auf Ihr
Glück hoffen?" insistierte El. „Aber ich bitte Sie! Sehen Sie
nicht das Leuchten über uns?" machte er El aufmerksam.
Er deutete auf den jetzt hell erleuchteten Himmel über
ihnen und den Würfelschiffen. „Und Sie sind sich sicher,
dass dieser Schutzschirm der gewaltigen Energie eines
Asteroiden mit hoher Geschwindigkeit standhält?" „Es
spricht für Ihr Volk, dass Sie den Energieschirm gleich als
solchen erkannt haben!" gab der Schwarze zurück. „Aber
so ein kleiner Brocken bedeutet für unseren Energieschirm
fast keine Belastung. Was glauben Sie, fliegt einem im
Universum so alles um die Ohren, wenn man einen
interstellaren Raumflug unternimmt? Ohne
Energieschirme wären interstellare Reisen unmöglich! Sie
müssen trotz Ihres Wissens noch sehr viel von uns lernen!"

Während der Fremde sich wieder auf den Weg zu den
Würfelraumern konzentrierte, sah El eine kurze, sehr helle
Explosion über sich. Dann war wieder alles ruhig. „Der
Asteroid hatte eine Energie von etwa 5 Gigatonnen TNT,
wie Sie es nach Ihren Maßstäben sagen würden!" gab das
Wesen El kurz bekannt. Ein eher kleiner Einschlag im
Vergleich zu denen, die die ganz großen Mondkrater

verursacht haben. El war beeindruckt. Welch ungeheure Kräfte die Fremden beherrschen konnten. Die Menschen waren ihnen völlig ausgeliefert und El konnte nur hoffen, dass diese wirklich friedlich und mit der Absicht, die Menschheit zu unterstützen, gekommen waren. Immerhin hatten sie auch die Mondstation gerettet, denn ein solcher Asteroid hätte sicherlich genügt, diese stark zu beschädigen oder sogar zu zerstören.

8

Die Menschen auf der Erde reagierten überall sehr unterschiedlich auf die Nachricht, das Außerirdische in das Sol- System eingedrungen waren und niemand genau wusste, welche Absichten sie verfolgten. Der kleinste Teil der Menschen, die Vernünftigen und Nachdenklichen, verhielten sich abwartend und waren eher geneigt, an eine friedliche Begegnung zu glauben. Schließlich hatte die Menschheit schon seit Jahrtausenden diese Sehnsucht nach den Sternen. Hochleistungsteleskope auf der Erde und im Weltraum suchten seit über 250 Jahren unentwegt nach Signalen von fremden Intelligenzen. Jetzt war es also endlich so weit: der erste, von vielen so ersehnte Kontakt zu einer außerirdischen Zivilisation war hergestellt worden. Eher ein Grund zu großer Freude!

Die weit überwiegende Mehrheit verfiel aber in eine regelrechte Panik. Sie behaupteten, die Erde sei verloren und forderten militärische Maßnahmen. Nun wurde der Großteil der Staaten und Staatenbunde im Jahre 2158 nicht mehr von demokratisch gewählten Politikern regiert, sondern von Expertenkommissionen. Für jedes Gebiet der Staatsführung gab es eine Expertengruppe aus diesem Metier, die dann mehrheitlich Entscheidungen traf. Und in den Gremien befanden sich auch Vertreter der führenden Wirtschaftsunternehmen, die an Finanzkraft den meisten Staaten weit überlegen waren. So gab es eine enge Kooperation von Konzernen und Regierungen. Seit Ende des letzten Jahrhunderts gaben immer mehr Staaten die Demokratie in der alten Form auf, weil sie sich als extrem ineffizient und teuer erwiesen hatte. Immer größere Regierungsparlamente mit überwiegend unprofessionellen Ministern und Staatsoberhäuptern belasteten viele Volkswirtschaften nicht nur, sondern behinderten diese geradezu. Hinzu kam die Erkenntnis, dass Entscheidungen ohnehin immer nach Befragung von Gutachtern, Expertenkommissionen oder Lobbyisten der Konzerne getroffen wurden. Es bildete sich nach und nach eine Mehrheit dafür, diese Form der Demokratie abzuschaffen und den Wissenschaftlern, Experten und Vorständen der Weltkonzerne die Führung zu überlassen. Nach anfänglichen Protesten zeigten sich schnell erste Erfolge, besonders auf den Gebieten des Klimaschutzes, der medizinischen Versorgung aller Menschen, der Welternährung und sogar in sozialen Bereichen.

Die Expertenkommissionen arbeiteten allerdings auch nicht immer rein wissenschaftlich, sondern erlagen gerne menschlichen Versuchungen und Beeinflussungstricks der Konzerne. Nur nicht so oft wie vorher viele Politiker. Korruption wurde damit sozusagen systemimmanent, also ein Teil der Regierungsarbeit. Die Beeinflussung von Entscheidungen mit materiellen Anreizen war allgegenwärtig, spielte sich aber öffentlich und nachvollziehbar ab. Die alten Diktaturen in Russland und China nahmen einen sehr ähnlichen Weg, denn durch die wirtschaftliche Konkurrenz der Systeme mit Wohlstandsfortschritten in allen Staaten bekamen die Diktatoren und religiösen Fanatiker immer weniger Unterstützung. Sie hinderten die Konzerne daran, sich global zu entwickeln und die Synergien aller Staaten zu nutzen. Es bildeten sich dadurch auch in diesen Staaten ähnliche Strukturen. An der Idee von Einfluss- und Machtmaximierung hatte sich dennoch nicht viel geändert. Immer noch oder sogar wieder verstärkt konkurrierten die großen Machtblöcke und Konzerne miteinander.

Der jahrzehntelange Siegeszug der sogenannten KI, also künstlichen Intelligenz, besonders gegen Mitte des 21. Jahrhunderts, hatte sich als Sackgasse erwiesen. Immer häufiger störten internationale Hackergruppen, die entweder politische oder finanzielle Interessen vertraten, die globalen computergesteuerten Vorgänge. Die vielen KI-Algorithmen waren nicht in der Lage, diese Angriffe auf Netzsysteme zu verhindern. Hacker waren den Netzwerk-Sicherheitssystemen immer einen Schritt voraus. Man befand sich in einem Dilemma. Die einzige Lösung war es, systemrelevante Prozesse oder eben auch sicherheitspolitische Informationen wieder verstärkt durch Menschen kontrollieren und steuern zu lassen. Diese IT-Expertengruppen arbeiteten besser und vor allem störungsresistenter. Viele Daten wurden am Ende des 21. Jahrhunderts tatsächlich wieder per Brief oder Fax versendet. Letztlich hatte sich das weltweite Computernetz selbst abgeschafft und regulierte überwiegend Unterhaltungsprogramme, Metaversen, also mittels KI-Software künstlich generierte Welten im Netz. Handelsanwendungen wie Lieferdienste von online-Bestellkonzernen sowie soziale Netzwerke beherrschten das Internet. Bildungsinhalte wurden ebenfalls noch vermittelt.

Die panischen Reaktionen der Bevölkerung auf die neue Lage mit den Außerirdischen wie Hamsterkäufe, Arbeitsniederlegungen oder aggressiven Raubüberfälle konnten durch die schnellen Reaktionen der Verwaltungsgremien einigermaßen bewältigt werden. Viel unberechenbarer und gefährlicher verhielten sich allerdings einige der Militärexperten. Diese nutzten jetzt den Umstand, dass viele Befehle wieder in Menschenhand gelegt worden waren. Menschen und nicht die vermeintliche Invasion brachte die Erde an den Rand einer Katastrophe!

9

In der Zentrale des Pentagon arbeitete Jim Tatcher wie besessen an den Radarortern. Inzwischen waren die Störfelder derart stark geworden, dass auch hier nur noch schemenhafte Schatten zu erkennen waren. Er beendete eben den Einbau eines Verstärkers, da tauchten auch schon 105 Raketen auf dem Schirm auf, von denen sich 90 in Richtung Mond bewegten.

„Nach allen Daten, die ich noch erkennen kann, handelt es sich um Hyperschallraketen aus unseren eigenen Beständen!" sagte Jim überrascht.

„Aber das geht doch nicht mit rechten Dingen zu!" entgegnete Laura Nightingale, die inzwischen in die Zentrale gekommen war. „Wo ist denn Klaus geblieben? Ich dachte, er hätte die Kontrolle über die Abwehr?" fragte Jim.

Klaus kam in diesem Moment mit Joe Digger in die Kommandohalle.

„Dieser Idiot hat den Start der Raketen ausgelöst!" schrie er verzweifelt. „Ich konnte ihn nicht mehr daran hindern! Der hatte sich irgendwie mein Passwort verschafft."

Die anderen sahen sich ratlos an. „Wir können nur hoffen, dass die Fremden nicht so aggressiv sind und diesen Angriff irgendwie wegstecken können!" meinte Klaus.

„Ich glaube, mit diesem Spielzeug können wir nicht das Geringste bei den Aliens ausrichten!" sagte Jim daraufhin. „Das werden wir ja sehen!" entgegnete Joe Digger angriffslustig. „Ihr werdet mir noch dankbar dafür sein, dass wenigstens einer die Lage realistisch eingeschätzt hat und gehandelt hat, um die Menschheit zu retten!"

-

Inzwischen waren El Dorado und der Schwarze bei dem ersten Würfelschiff angekommen. Sie fuhren in eine

Schleuse und beide stiegen aus, gingen durch einige Gänge und blieben schließlich vor einer geöffneten Tür stehen. El sah den Fremden fragend an. „Sie stehen vor einem Antigravlift. Folgen Sie mir und verhalten Sie sich genauso wie ich."

Sagte es und machte einen Schritt nach vorn. Lautlos schwebte er nach oben. El stand noch etwas unschlüssig am Rand des Schachtes, gab sich dann aber einen Ruck und machte ebenfalls einen Schritt nach vorn. Schwerelos schwebte auch er nach oben. „Phantastisch!" dachte er. „Ein Fahrstuhl ohne Kabine!"

„Wir freuen uns sehr, dass Sie hier sind!" sagte eines der Wesen in einwandfreiem terranisch. Er sprach ohne Translator und seine Stimme klang schrill, aber nicht mehr so kalt und gefühllos wie bei der ersten Verbindung am Holophon.

„Sie können an Bord unseres Raumschiffes ruhig den Helm abnehmen. Unsere Luft ist der Ihren sehr ähnlich und Sie gewöhnen sich dann auch besser an die Schallfrequenzen, die etwas höher sind als bei Ihnen. Das liegt am Heliumgehalt in unserer Atmosphäre. Sie werden sich sicher schon gefragt haben, was wir hier wollen. Dazu möchte ich Sie kurz in die Geschichte unseres und Ihres Volkes einweihen:

Vor etwa 200.000 Jahren nach Ihrer Zeitrechnung, als unser Volk auf der höchsten Entwicklungsstufe stand, brachen einige Wissenschaftler auf, um ihr Intelligenz-Serum zu erproben. Wir hatten schon vorher einige Welten besucht, um unsere Errungenschaften mit anderen Völkern zu teilen, aber haben keine Wesen gefunden, die auch nur annähernd die Vorraussetzungen zeigten, mit Technik oder ähnlichem klarzukommen. Es gibt oder gab in der Milchstraße, wie Sie sie nennen, keine hochentwickelten Zivilisationen wie unsere."

Ra -Tul machte eine Pause und beobachtete die Reaktion des Bewohners von Test 2357. El Dorado zeigte sich nicht überrascht.

30

„Deshalb haben alle unsere Versuche, mit anderen Intelligenzen Kontakt aufzunehmen, bisher auch keinen Erfolg gehabt!" sinnierte er.

„Warum habt ihr nie geantwortet?" er wunderte sich selbst über seinen Wechsel in die vertraute Anrede. Irgendwie fühlte er sich bei diesen Wesen gut und geborgen.

„Du wählst die vertraute Form der Anrede!" bemerkte Re - Pal. „Das freut uns! Bleiben wir dabei.

„Eure Signale in den Weltraum sind viel zu langsam! Unsere Welt liegt fast 100.000 Lichtjahre von eurer entfernt, auch in einem seitlichen Spiralarm auf der anderen Seite unserer Galaxie. Ganz ähnlich wie Test 2357. Ihr sendet wahrscheinlich erst seit kurzem und habt noch keine weiten Ziele damit erreicht. Vielleicht ist die Lage am Rande einer Galaxie günstiger für die Entwicklung von Intelligenz und Leben, denn im Zentrum der Milchstraße herrschen viel höhere Temperaturen und die Raumstrahlung ist um ein Vieles höher. Um die Gammastrahlung der Sonnen abzuschirmen, braucht es ein starkes Magnetfeld, welches auch nicht viele Planeten im geeigneten Abstand zu ihrer Sonne haben. Leben ist sehr kostbar in unserem Universum und leider auch eher selten!"

„Eines unserer Raumschiffe erreichte die Erde, wie Ihr sie nennt. Auf ihr fanden unsere Forscher eine unglaubliche Lebensvielfalt und halbwilde Wesen, die ihnen geeignet für den Test erschienen. Sie infizierten den Planeten mit unserem Genesis- Serum und erhofften sich die Entwicklung einer Zivilisation und Intelligenz. Dazu muss ich dir sagen, dass die Evolution extrem langsam voranschreitet und unsere Zeit durchaus begrenzt ist. Wir stehen schon sehr lange auf einem hohen technischen Niveau und unsere Art zeigt deutliche Ermüdungserscheinungen. Außerdem wurden wir in gewissen Abständen immer wieder von einer Zivilisation angegriffen, die aus der benachbarten Galaxie, die ihr Andromeda nennt, kamen.

Niemand weiß, wie lange unsere Art diesen Angriffen noch standhalten kann und welche Ziele es sonst noch zu erreichen gilt. Daher machte sich seit vielen Jahrtausenden eine degenerative Müdigkeit breit. Deshalb auch die Idee mit diesem Serum."

„Was wir allerdings nicht vorhersehen konnten", fuhr Ra - Tul jetzt fort, „war der Umstand, wie auf Test 2357 die Frühmenschen auf dieses Serum ansprachen. Wir hatten darauf gehofft, dass die von uns entdeckten Menschen mit sehr dunkler Haut, verblüffend ähnlich der unsrigen Art, sich weiterentwickelten.

Stattdessen hat sich, wie wir jetzt erkennen, eine hellhäutige Variante eine Führungsposition geschaffen, obwohl die dunklen Menschen damals erheblich robuster und vitaler erschienen. Ihr habt euch also irgendwie auf einen Irrweg gemacht, der vielleicht sogar zu den jetzt deutlichen Spannungen untereinander geführt hat.

Unsinnigerweise bekämpft ihr euch gegenseitig, statt alle Energie und alles Wissen für eine gemeinsame Zukunft auf eurem Planeten einzusetzen. Das verstehen wir noch nicht so ganz." schloss Ra - Tul, und seine Stimme klang sogar ein wenig traurig.

„Möglicherweise hat diese Konkurrenz eure Entwicklung aber auch beschleunigt", sagte Re - Pal, „denn wir hatten wirklich nicht mit einer Zivilisation gerechnet, die technisch so weit entwickelt ist. An Raumfahrt war eigentlich überhaupt noch nicht zu denken!"

„Vor 2 Jahren brachen wir dann mit zehn Würfelraumern zu den wenigen Welten auf, die wir alle behandelt hatten. Bislang ist einzig eure Welt und eure Zivilisation in einer Phase, die unseren Kontakt gerechtfertigt hat. Und darüber freuen wir uns sehr!" Re - Pal verzog sein Gesicht seltsam, was El als Lächeln deutete. Ra - Tul flüsterte ihm etwas zu. „Wie ich höre, ist es an der

Zeit, unseren kleinen Diskurs zu beenden. Wir werden angegriffen!"

„Was?" jetzt war El wirklich überrascht. „Wer sollte uns hier auf dem Mond angreifen? Und warum?"

„Ich fürchte, wir sind hier zwischen verschiedene Fronten geraten, aber wegen der extremen Funkstörungen können selbst wir keine genauen Aussagen treffen, " erwiderte Ra -Tul. „Es befinden sich keine Besatzungen an Bord der angreifenden Raketen!" sagte Re - Pal.

Daher werden wir sie eliminieren. Sagte es und alle 90 Raketen verschwanden vom Radar. Das im Orbit verbliebene Würfelschiff machte es mit den 15 angreifenden Raketen ebenso.

„Was für eine Waffe hat eine derartige Wirkung?" fragte El erstaunt, „ohne jede Explosion und Trümmerteile."

„Das ist ein Dimesexta - Konverter. Die getroffenen Ziele werden in die sechste Dimension transferiert. Die sechste Dimension hat sich als sehr geeignet für die Aufnahme derartiger Energiefelder erwiesen."

Ja, klar! dachte El bei sich. Und wir kennen noch nicht einmal die vierte Dimension.

„Wir erwarten das Erscheinen von 10 Kugelraumern, erheblich größer als unsere Würfelschiffe," erklärte Ra - Tul jetzt.

„Die starken Störfelder im Raum und auf dem gesamten Planeten könnten von der nahen Ankunft unserer Freunde rühren! Das ist normalerweise eine Schutzmaßnahme, um zunächst unerkannt zu bleiben! In diesem Fall allerdings total überflüssig und ich kann mir nur vorstellen, dass das ein übler Scherz meines alten Freundes Wo - Dan ist!"

„Scherz?" fragte El erstaunt.

„Ja! Unser Volk hat sehr viel Humor, manchmal sogar etwas zuviel!" antwortete Ra - Tul.

„Meine Raketen werden uns alle retten!" rief Joe Digger
erregt. „Ihr werdet alle Zeugen davon sein!" Die gesamte
Mannschaft der Pentagon- Zentrale stand vor dem noch
einigermaßen funktionierenden Radarorter und starrte
gespannt auf die 90 Reflexe, die sich dem Mond näherten.
Doch plötzlich verschwanden alle Punkte spurlos vom
Radarschirm. Ebenso erging es den 15 Raketen, die sich
dem zehnten Würfelschiff näherten.

„Das war´s dann wohl!" sagte der erste Offizier Geoffry
Nashnels, der nach dem Abflug von El Dorado das
Kommando übernommen hatte.

„Alle Raketen vernichtet! Auf einen Schlag, ohne
Explosion und Trümmerteile! Unfassbar!" gab Laura
Nightingale betroffen von sich. Geoffry Nashnels wandte
sich Joe Digger zu, der wie versteinert vor dem leeren
Bildschirm des Radars stand.

„Sie haben hoffentlich die Tragweite Ihres törichten
Tuns begriffen! Entweder die Russen oder die ACCS
werden diese Situation für sich nutzen, und sicher schon
sehr bald! Sie haben mit diesen 105 Hyperschallraketen fast
unsere komplette Weltraumabwehr gegen nukleare
Erstschläge vernichtet. Die anderen müssen nicht mehr mit
einem Gegenangriff rechnen und könnten sich Chancen
ausrechnen, einen Erstschlag zu unternehmen und damit
unbeschadet davon zukommen. Gnade uns Gott, wenn wir
jetzt angegriffen werden. Gnade Ihnen Gott!"

Digger hatte regungslos zugehört. Wie in Trance wandte
er sich plötzlich ab und verschwand aus der Zentrale. Er
begab sich in seine Privatkabine, öffnete eine kleine Luke
und entnahm ihr eine Laserwaffe. Kurz entschlossen
richtete er den Lauf auf seine Stirn und drückte ab.

Ein hässliches blutendes Loch verschönte seinen Kopf.
Joe Digger war sofort tot.

-

„Hast Du das gesehen?" fragte Wladimir Wogati den 1. Kommandanten der zentralen Militärbasis der russischen Konföderation in Sibirien. „Die schnellsten und schlagkräftigsten Raketen der Amis einfach vom Radarschirm gefegt! Ohne auch nur die geringste Wirkung hinterlassen zu haben."

„Eigentlich ist so was unvorstellbar, aber auch unvorstellbar fantastisch gut!" antwortete Oswaldo Weiss begeistert.

„Anscheinend hat sich da oben etwas abgespielt, was wir noch nicht genau verstehen, aber einen Nutzen können wir auf jeden Fall daraus ziehen!" sagte Wladimir. „Möglicherweise haben die Amis versucht, Kontakt zu den Aliens aufzunehmen und die ACCS haben ihnen dazwischengefunkt. Irgendwie sind die wohl zwischen die Fronten geraten und haben nichts erreicht."

„ Hast Du schon einen Plan?" fragte Oswaldo seinen Kollegen.

„Ich nicht, aber der Plan steht bereits fest. Wir haben unsere Weisungen vom Regierungsrat vor langer Zeit erhalten", dozierte Wladimir, „und der lautet: sobald sich eine Gelegenheit zum Erstschlag bietet und unserer Konföderation die Vernichtung der U.S.A.A. mit einem überschaubaren Risiko ermöglicht, schlagen wir los!" „Und diese Möglichkeit ist jetzt eindeutig eingetroffen!" strahlte Oswaldo.

„Wir haben sogar die Chance, falls es sich um eine feindliche Invasion handelt, die Außerirdischen zu unseren Verbündeten zu machen. Wenn die sehen, dass wir ihnen bei der Vernichtung eines ganzen Kontinents behilflich sind, zeigen sie sich erkenntlich und lassen uns als einzige Macht der Erde am Leben! Wir könnten mit diesen Aliens kooperieren."

Er begab sich zur Konsole des militärischen Quantenrechners und tippte einige Sequenzen auf die Bildschirmfläche. Sofort erschien ein Hologramm mit der optischen Darstellung unzähliger Raketenabschusssilos im

Großraum Sibirien. Zunächst würden 100 Hyperschallraketen mit östlichem und westlichem Ziel in den Orbit starten. Sie griffen von zwei Seiten an. Alle programmiert auf neuralgische Punkte in Nord-Mittel- und Südamerika. Sämtlich bestückt mit modernsten Atomsprengköpfen vernichtender, tödlicher Wirkung. Alles Leben würde dort großräumig ausgelöscht, wo sie einschlugen. Damit wäre dieser ewige Feind der russischen Konföderation endgültig ausgelöscht, ja der ganze Kontinent würde unbewohnbar! Selbst eine noch mögliche Abwehr der U.S.A.A. wäre kein Problem, denn die neuesten Raketen der russischen Konföderation besaßen einen Schutzschirm. Diese Technologie war erst in den letzten Jahren zur Serienreife entwickelt worden und konnte trotz allgemein üblicher Spionage bisher geheim gehalten werden.

-

„Geoffry, sieh Dir das an!" rief der Funker. Er deutete auf unzählige Punkte im Radarschirm. „Die kommen aus Sibirien, von der russischen Konföderation!" bemerkte Geoffry. „Das sieht mir ganz nach einer Großoffensive der Russen aus!" „Und wir haben dem fast nichts mehr entgegenzusetzen!" sagte Jim resignierend. Laura Nightingale stand plötzlich neben Geoffry.

„Lass mich ein Shuttle nehmen und zum Mond fliegen!" bat sie ihn. „Vielleicht hat El doch etwas erreicht und ich kann Kontakt zu ihm aufnehmen. Das ist immer noch besser, als hier auf das Ende zu warten!"

„Du kannst das auf keinen Fall vor dem Eintreffen der russischen Raketen schaffen!" wehrte Geoffry ab.

„Die brauchen vielleicht 1-2 Stunden, bis sie hier einschlagen!"

„Und ich brauche mit dem Shuttle 5 Stunden zum Mond. Möglicherweise werde ich aber auch im Orbit abgefangen, wie dass Shuttle von El. Das wäre dann schon

36

in einer Stunde. Wenn es funktioniert, haben wir eine echte Chance, zu überleben. Wenn nicht, werde ich im Orbit sterben und ihr hier unten."

„Du bist unglaublich!" erwiderte Geoffry. „Also, worauf wartest Du noch?" Laura lief zum Ausgang. Sie fühlte sich getragen von einer Woge der Hoffnung.

11

„Wir müssen starten!" sagte Ra - Tul. „Die Kugelraumer können jederzeit eintreffen oder sind vielleicht schon über Terra!"

„Aber dann würden Sie sie doch schon geortet haben!" entgegnete El Dorado.

„Vielleicht nutzen unsere Freunde auch die Projektoren, die sie „unsichtbar" machen, so eine Art Tarnkappe, um zunächst beobachten zu können, ohne entdeckt zu werden." gab Re - Pal zu bedenken. „Das sähe Wo - Dan ähnlich." meinte Ra -Tul.

„Er liebt Überraschungen!"

„Unser im Orbit verbliebenes Schiff kann auch keinen Funkkontakt zu uns aufnehmen, sonst wären wir schon schlauer!" Die 9 Würfelschiffe schwebten lautlos von der Mondoberfläche Richtung Erde. Ohne Vibrationen oder Schwankungen der Bordschwerkraft wurde die kleine blaue Kugel der Erde schnell größer.

Wahnsinn, dachte El. Wenn wir diese Technik nutzen können, steht uns das Universum offen! Doch schon wurde er aus seinen Gedanken gerissen.

Auf der holographischen Plattform erschienen plötzlich zehn riesige Kugeln ziemlich nahe dem Würfelschiff im Orbit. Die optischen Sensoren der Blackies hatten diese erfasst und übertrugen das Bild in einwandfreier Qualität. Diese Kugeln waren 10 mal größer als die Würfel!

-

Dass Shuttle mit Laura Nightingale an Bord hob geräuschvoll ab und beschleunigte mit Maximalwerten. Laura konnte durch jahrelanges Training ihren Herzschlag beeinflussen und dadurch eine Ohnmacht vermeiden. Ihre mentale Belastbarkeit ging weit über das Maß hinaus, das andere Menschen ertragen konnten. Durch empathische Impulse, früher auch Telepathie genannt, die sie empfangen konnte, war sie in der Lage, ihre mentalen Kräfte zu verstärken. Schon erreichte dass Shuttle den Orbit und die Schwerelosigkeit setzte ein. Und bevor sie sich etwas bequemer hinsetzen konnte, sah sie durch die Luken auch schon diese gigantischen kugelförmigen Raumschiffe. Wie aus dem Nichts waren sie scheinbar aufgetaucht.

Gespenstisch, bedrohlich.

Aber Laura fühlte auch etwas anderes.

Heiterkeit, Zuversicht, Freude. Ihr Shuttle wurde ruckartig langsamer, dann wieder schneller und raste genau auf einen der Kugelraumer zu. Sie schloss reflexartig den Helm ihres Raumanzuges und ließ die Dinge geschehen. Als ihr Shuttle dicht an der Außenwand der Kugel schwebte, öffnete sich ein Schott und sie sah ein großes menschliches Wesen auftauchen. Der Fremde schwebte auf das Shuttle zu und plötzlich klopfte es an der Außenwand. Laura erschrak etwas, stand aber sofort auf und ging zu dem Außenschott ihres Shuttles. Als sie das Schott geöffnet hatte, hörte sie ein Knacken in ihrem Helmfunkgerät und eine hohe, schrille Stimme:

„Können Sie sich bitte etwas beeilen, es ist sehr kalt hier im Weltraum!"

Laura traute ihren Ohren nicht. Das Wesen sprach in bestem terranisch und hatte anscheinend Freude daran, sie zu sehen. Laura zögerte trotzdem.

„Würden Sie die Freundlichkeit haben, mir in unser Raumschiff zu folgen?" fragte das Wesen jetzt.

„Ja, natürlich, gerne!" erwiderte sie automatisch, ohne genau über ihre Worte nachzudenken. Beide schwebten

38

zum Schott der Kugel und als sich die Luke schloss, nahm das Wesen seinen Helm ab. Laura sah einen schwarzen, kahlen Kopf mit freundlichen dunklen Augen. Der Fremde überragte sie um mindestens 50 cm, war also etwa 230 cm groß und schlank.

„Sie können Ihren Helm auch abnehmen!" hörte sie jetzt. „Unsere Atmosphäre ist für sie atembar."

Laura nahm ihren Helm vorsichtig ab. Irgendwie spürte sie, dass sie hier in Sicherheit war. Seltsam, dachte sie, ich fühle mich so ähnlich wie bei Freunden. Doch plötzlich schossen ihr die Bilder der startenden russischen Raketen durch den Kopf. Sie musste dem Fremden unbedingt von der Lage erzählen und ihn bitten, so schnell wie möglich zu intervenieren.

„Können wir bitte sofort in Ihre Zentrale gehen?" fragte sie den Außerirdischen.

„Unsere Erde steht kurz vor einem katastrophalen Krieg und 100 Raketen sind auf dem Weg zu unserem Kontinent Amerika, um ihn komplett zu vernichten."

Der Fremde sah sie an.

„Dann mal los!" entgegnete er kurz und begann zu laufen. Es begegneten ihnen einige schwebende Androiden in den Gängen und plötzlich blieb der Fremde vor einem leeren Schacht stehen.

„Machen Sie es mir genau nach, dann kann ihnen nichts passieren!" rief er zurück. Er machte einen Satz in den beleuchteten Schacht und schwebte sofort nach oben. Laura stand am Rand und blickte kurz herunter, konnte aber kein Ende des Schachtes erkennen. Sie gab sich einen Ruck und machte einen Satz in den Schacht. Irgendwie war sie wohl zu schräg eingestiegen und ihre Beine wurden hochgerissen. Kopfüber schwebte sie jetzt nach oben. Als sie den Fremden an einem Ausstieg sah, hielt sie sich mit beiden Händen an einem Griff am Rand des Schachtes fest und versuchte, sich herunterzuziehen. Das Wesen erkannte ihre Versuche und reichte ihr seine Hand, die zehn Finger hatte.

Es fühlte sich etwas seltsam an, sie zu berühren. Warm und sehr weich. Mit einem kräftigen Ruck hatte der Fremde sie in den Gang heruntergezogen und rannte auch schon weiter. Eine Tür verschwand einfach vor ihm, als er auf sie zulief. Laura erreichte den großen Raum kurz nach ihm und war überwältigt! Sie befand sich in der Zentrale des Kugelraumers und sah in der Mitte ein riesiges Hologramm mit wechselnden Bildern. Sie konnte den blauen Planeten sehen, er schwebte majestätisch im Raum. Neben ihnen weitere neun Kugelraumschiffe und etwas weiter entfernt näherten sich ebenfalls neun würfelförmige Raumschiffe. Neben den Kugelraumern schwebte ein weiterer Würfel. Alles lief völlig lautlos ab.

Dann sah sie die 100 Raketen, die gerade in den Orbit eintraten. Sie kamen aus zwei verschiedenen Himmelsrichtungen. Anscheinend hatte die russische Konföderation einen Teil von Sibirien aus östlich über Alaska nach Nordamerika gestartet und einen anderen Teil westlich nach Mittel- und Südamerika.

„Diese Raketen müssen unbedingt noch im Weltraum gestoppt werden!" rief sie dem anderen Wesen zu, das neben dem Hologramm stand.

„Meine liebe Dame," entgegnete dieser ihr, „wollen wir uns nicht erst einmal vorstellen?"

„Mein Name ist Wo - Dan und ich bin Kommandant dieses Schiffes. Wir sind gekommen, um Ihrer Spezies zu helfen, sich weiter zu entwickeln und wollen Ihnen unsere technischen Errungenschaften anvertrauen."

„ Mein Name ist Laura Nightingale und ich komme zu Ihnen, um Sie dringend um Hilfe zu bitten, diese 100 Raketen sofort zu stoppen!" antwortete Laura schnell. „Wenn Ihnen dies nicht gelingt, können Sie Ihre tolle Technik gleich wieder einpacken und nach Hause fliegen!"

Wo - Dan und auch der andere Fremde, der sie abgeholt hatte, fingen plötzlich an zu lachen. Jedenfalls war es wohl so, wenn diese Außerirdischen lachten. Ein schrilles

40

Glucksen und Hecheln erfüllte den Raum, und auch einige andere dieser Wesen stimmten mit ein.

„Das ist kein Witz!" protestierte Laura. „Wir haben nicht mehr viel Zeit!"

„Ist schon klar!" entgegnete Wo - Dan. „Aber Sie klingen für unsere Ohren wirklich sehr lustig!"

„Schön, dass sie Humor haben," sagte Laura, „aber können Sie jetzt bitte endlich handeln!"

Wo - Dan blickte zu dem anderen Fremden.

„La - Ter, bitte kümmere dich darum! Ich werde Kontakt zu Ra - Tul aufnehmen. Es ist zwar ein kleines Wunder, dass er es mit seinen Würfel- Oldtimern bis hierher geschafft hat, aber vielleicht konnte er schon etwas in Erfahrung über die Bewohner von „Test 2357" bringen. Und vielleicht weiß er auch, warum die sich gegenseitig umbringen wollen."

Laura hörte dies mit Erstaunen. „Sind die Würfelschiffe auch von Ihnen?"

„Ja, natürlich!" antwortete Wo - Dan, „die sollten zunächst Kontakt aufnehmen und herausfinden, wie sich dieser Planet entwickelt hat. Die ersten Meldungen klangen sehr gut, daher haben wir uns beeilt, hierher zu kommen. Allerdings haben wir wohl mit unseren Störfeldern einige Verwirrung verursacht."

„Die Störfelder, die unsere gesamte globale Funkverbindung außer Kraft gesetzt haben, stammen von Ihren Schiffen?" Laura starrte ihn ungläubig an.

„Man, Sie haben nicht nur für Verwirrung gesorgt, Sie haben auch die Sicherheit unseres Planeten und aller Bewohner gefährdet!"

„Kann ja auch keiner ahnen, dass ihre Leute sich gegenseitig ermorden wollen!" entgegnete Wo - Dan ruhig und leicht ironisch, „aber das kriegen wir schon wieder hin!" Laura sah ihn an. Sie war nicht wirklich beruhigt.

Während La - Ter sich mit den 100 russischen Raketen beschäftigte, die schnell näherkamen, erschienen im

Hologramm drei Gestalten. Wo - Dan zeigte sich höchst erfreut.

„Ra - Tul!" welch eine Freude, dich nach einer so langen Zeit endlich mal wieder zu sehen! Hattet ihr einen angenehmen Raumsprung?"

„Sehr witzig!" hörte Laura den Fremden im Hologramm sagen. „Wir kommen jetzt sofort zu euch rüber und sehen uns die Lage gemeinsam an! Ich bringe auch Besuch mit!"

Laura sah jetzt genauer hin. Neben den beiden Außerirdischen stand ein klein wirkender Mann mit hellem Gesicht. Sie erkannte El- Dorado! Er lebte, er hatte Kontakt aufgenommen! Laura Nightingale war unendlich erleichtert. „El!" rief sie ins Hologramm. „Schön, dich zu sehen!" „Laura?" hörte sie ihn überrascht sagen, „wie kommst du denn in das Raumschiff der Blackies?"

„Wer?" fragte Laura nach. „Die Fremden nenne ich in unserer Sprache Blackies! Ihr richtiger Name ist ziemlich schwierig auszusprechen. Ich finde, dass passt doch sehr gut zu ihrem Aussehen!" antwortete El lachend. Er schien unendlich froh über Lauras Anwesenheit zu sein.

„Dann bis gleich!"

12

Ungläubig sah El Dorado auf das Hologramm des Würfelschiffes. Ein Shuttle der U.S.A.A. schwebte vor einem der Kugelraumer. Er sah einen Blackie heranschweben und sich an der Außenwand zu schaffen machen. Ein Mensch schwebte heraus und beide flogen auf ein Schott der Kugel zu und verschwanden darin. El blickte zu Re - Pal.

„Weißt du, was da vor sich geht?"

„Keine Ahnung, El, aber Wo - Dan hatte schon immer so ein Gespür für dramatische Auftritte!"

Die Würfelraumer näherten sich der Gruppe von Kugelraumern und stoppten kurz davor.

„Du kommst am besten gleich mit!" lud Ra - Tul El ein.
„Dann ist Wo -Dan auch nicht die große Sensation hier und
feiert sich selbst als Retter des Tests 2357!"

„Wirklich erstaunlich, euer Humor!" sinnierte El.

„Wie ist es nur möglich, dass sich in einem völlig
anderen Umfeld eine solche Zivilisation wie die eure
entwickeln konnte, die in wesentlichen Zügen so ähnlich
der unsrigen ist?"

„Passt doch!" entgegnete Re - Pal nur und setzte sich in
Bewegung. Der Antigravlift machte El keine
Schwierigkeiten mehr und alle drei erreichten das
Außenschott gleichzeitig. Irgendwie dachte er plötzlich
daran, wie umständlich diese Prozedur war. Er hatte
immer gedacht, dass in der Zukunft Menschen und Sachen
einfach von A nach B „gebeamt" werden konnten. Er
würde das bei Gelegenheit mal ansprechen. Anscheinend
hatten die Blackies von diesen Möglichkeiten keine
Ahnung. Oder es war tatsächlich „Science Fiction Quatsch"
und konnte nicht funktionieren.

Er würde es bald erfahren, wie vieles andere mehr. Sie
erreichten die Zentrale des Kugelschiffes. El sah sofort
Laura Nightingale und lief auf sie zu. Beide ließen sich zu
einer kurzen Umarmung hinreißen und begrüßten sich
danach „offiziell".

Sie wollten gerade mit den Blackies die Vernichtung der
russischen Raketen beobachten, da wurden sie Zeugen
eines seltsamen Vorgangs. Ra - Tul und Wo - Dan schienen
sich heftig zu streiten.

„Ich werde Dich vor Gericht stellen lassen, wegen
Gefährdung eines Unternehmens zur Bewahrung der
Brachtvlechlevverschen Technik!" rief Ra - Tul Wo - Dan
zu. „Ich habe das Unternehmen in keiner Weise gefährdet,
sondern lediglich unsere neue Waffe zur Verteidigung und
Tarnung auf lange Distanzen erprobt", gab dieser ebenso
laut zurück. „Ja, erprobt! An unseren alten
Würfelschiffen!" ärgerte sich Ra - Tul.

„Du bist ja bloß enttäuscht, dass ich das Kommando über die neuen Kugelraumer bekommen habe und du diese alten Würfel steuern musst!" verteidigte sich Wo - Dan.

„Das ist eine Unterstellung! Ich bin immerhin noch dein Vorgesetzter und werde das nicht hinnehmen!" sagte Ra - Tul. „Noch!" erwiderte Wo - Dan darauf nur.

„Was willst du jetzt damit sagen?" fragte Ra - Tul.

„Du bist schon über deine besten Jahre hinaus! Du wirst eben langsam zu alt für solche Jobs." lachte jetzt Wo - Dan. „Ich wette, du siehst wesentlich älter aus als ich!"

Ra - Tul blickte in die Runde der Anwesenden. Keine Reaktionen. Re - Pal verzog allerdings sein Gesicht zu einem Lächeln.

„Es kommt doch wohl nur auf die Qualitäten eines Blackies an, nicht auf sein Alter!"

Dieser augenscheinliche Widerspruch in der Argumentation war dann wohl das Signal zu einer anderen Wendung der Begegnung dieser beiden Wesen. Plötzlich umarmten sie sich herzlich und lachten schrill und glucksend. „2 Jahre ist es her, seit Ihr von Brachtvlechlevv aufgebrochen seid. Du hast dich kaum verändert!" sagte Wo - Dan.

„Jetzt lass uns aber helfen, den Planeten zu retten!" entgegnete Ra - Tul ernst. Die 100 Raketen näherten sich den Raumschiffen und eines der Würfelschiffe gab eine erste Salve aus der Dimesextakanone ab.

Eine Aura leuchtete über den Raketen auf und diese setzten ihren Kurs unbeirrt fort.

„Was war das?" fragte Ra - Tul überrascht.

„Die scheinen eine Art Schutzschirm zu besitzen!" sagte El Dorado jetzt.

„Das war selbst uns nicht bekannt! Wir haben zwar Informationen über Forschungen an solchen Energiefeldern, allerdings in keiner Weise von deren Erprobung oder deren Einsatz als Waffensystem. Ihr müsst

44

sofort die Energie eurer Waffen erhöhen, um die Raketen unschädlich zu machen!"

Die Blackies neben ihm entgegneten nichts. Sie standen regungslos im Raum. Niemand sagte etwas. Laura sah ihn an. „Ich empfange keinerlei Impulse!" sagte sie. „Als würden hier alle schlafen!"

13

In der russisch- konföderativen Zentrale herrschte bereits eine ausgelassene Siegesstimmung.

„Den Blitzkrieg haben wir schon so gut wie gewonnen!" freute sich Wladimir Wogati überzeugt.

„Es wird gar nicht erst zu einem Krieg kommen!" orakelte Oswaldo. „Diese arroganten Amis, die sich schon als Weltregierung gesehen haben, bekommen endlich das, was sie verdient haben! Von denen wird nicht mehr viel übrig bleiben!"

„Sieh dir das an!" rief Wladimir plötzlich und deutete auf den Radarschirm, „ anscheinend haben die Amis schon die Hosen voll und jemand sucht sein Heil in der Flucht!"

Auf dem Schirm konnte man schemenhaft einen Punkt beobachten, der relativ schnell von der Erdoberfläche in den Orbit wanderte. Plötzlich erschienen auf dem Radar mehrere gewaltige, dicke Schemen, teils eckig, teils rund. Der kleine Punkt stoppte dicht neben einem runden Objekt.

„Die haben wohl schon wieder diese fixe Idee, mit den Invasoren Kontakt aufzunehmen!" kommentierte Oswaldo. „Den ACCS ist das ja wahrscheinlich nicht geglückt!"

„Ich habe da so eine Ahnung!" entgegnete Wladimir nachdenklich.

„Wir werden mal genau beobachten, was da oben jetzt vor sich geht! Zu dumm auch, das die globale Kommunikation immer noch nicht wiederhergestellt werden konnte! Auf jeden Fall ist es beruhigend zu wissen, dass unsere Hyperschallraketen der neuesten Bauart einen Schutzschirm haben, der zumindest direkte Treffer ablenken kann und daher auch gegen eine überraschende Gegenwehr gut gerüstet sind. Vielleicht ist dies der erste Praxistest und zugleich eine überzeugende Demonstration unserer technischen Überlegenheit!"

Plötzlich wurden sie aus ihren Überlegungen gerissen, denn die Funkanlage meldete sich lärmend zurück. Die Meldungen überschlugen sich. Amerikanische Raketen von Invasoren vernichtet. Die ACCS rüsten sich für einen Gegenschlag. Europa berät über die nächsten Schritte und wartet ab. Die U.S.A.A. sehen sich einem russischen Erstschlag gegenüber. Das Hologramm flackerte auf und der Vorsitzende des Regierungsrates erschien in Lebensgröße im Raum.

„Gute Arbeit!" hörten sie ihn sagen.

„Unser System ist, wie wir es schon immer gewusst haben, allen anderen überlegen, technisch und natürlich auch gesellschaftlich! Bringen Sie den Vorgang konsequent zu Ende!"

Die Projektion verschwand. Die Kommunikation auf der Erde war wieder möglich! Endlich konnten sie sich Klarheit verschaffen, was überall vor sich ging. Die Internetprojektoren zeigten schnell wechselnde Bilder von Menschenmassen, die in den amerikanischen Städten herumliefen, Plünderungen, Feuerwehrlöschdrohnen.

Polizeidrohnen, die mit Beruhigungsaromen die Menschenmassen einnebelten. Diese Art der Reaktion auf Massenproteste hatte sich sehr bewährt. Niemand wurde verletzt, die Beruhigungsgase wurden einfach über die Menge gesprüht und alle beruhigten sich auf wundersame Weise. Die Erforschung solcher Aromen hatte Jahrzehnte gedauert, doch seit vielen Jahren wurden sie weltweit eingesetzt. Proteste, Demonstrationen, Sportveranstaltungen, Auftritte von Medienstars und alle anderen denkbaren Szenarien, in denen eine sehr große Anzahl von Menschen im Open- Air- Bereich oder auch in

46

großen Hallen versammelt waren, gerieten häufig außer Kontrolle. Die Lösung, Menschen mit Beruhigungsaromen zu benebeln, war international anerkannt und sogar die Menschenrechtsorganisationen hatten dies nach anfänglicher Skepsis anerkannt. Es wurden die verschiedensten Meinungen und Gefühlsartikulationen nicht vollständig verhindert, nur eben auf ein emotional ausgeglicheneres Level herunter beruhigt.

Die Meldungen aus der ganzen Welt mit Kommentaren, Theorien, Werbeblöcken und Aufrufen zu was auch immer liefen pausenlos. Jede Organisation, alle sozialen Netzwerke fühlten sich berufen, Empfehlungen oder Einschätzungen der Situation abzugeben.

Chaos, Aufruhr, Anarchie auf der ganzen Welt waren die Folgen!

Wladimir lachte zufrieden. Das Radar zeigte wieder klar und deutlich die Vorgänge im Weltraum. Um die angreifenden Raketen leuchtete es schwach auf.

„Sieh dir das an!" machte er Oswaldo darauf aufmerksam. „Die Kugelraumer haben anscheinend mit irgendwas auf uns geschossen und blieben wirkungslos. Das ist absolut faszinierend! Unsere Raketen setzen ihren Flug wie programmiert fort und haben den Zenit der Flugbahn überschritten. Der Anflug auf den amerikanischen Kontinent beginnt. In weniger als 30 Minuten wird der amerikanische Traum ausgeträumt sein! Für alle Zeiten! Das hat viel zu lange gedauert, aber jetzt ist es endlich soweit!"

14

In der Zentrale der ACCS wurde fieberhaft an einer Strategie gefeilt. Hier beriet sich ein Gremium von Wissenschaftlern und Managern der führenden Konzerne über das weitere Vorgehen. Die Kontaktaufnahme zu den Außerirdischen war zunächst gescheitert. Die Idee, einen Materiefänger zu starten und dass amerikanische Shuttle abzufangen, entpuppte sich als Fehler. Sie hatten auch nach dem Ende der Funkstörungen keine Meldung von der Besatzung des Raumgleiters erhalten und mussten damit rechnen, die Crew verloren zu haben. Dennoch war ihr Raumschiff auf dem Mond gelandet. Die Amerikaner hatten versucht, die außerirdischen Würfelraumer zu zerstören. Dies war im Orbit wie auch auf dem Mond gescheitert. Dass Shuttle der U.S.A.A. war zerstört worden. Die Ereignisse waren sehr verwirrend und widersprüchlich.

Warum versuchten die Amerikaner, Kontakt aufzunehmen und die Fremden gleichzeitig zu vernichten? Wieder so eine Doppelstrategie, wie sie die Amis so oft verfolgten? Im Orbit befanden sich jetzt 20 Raumschiffe der Fremden und die russische Konföderation hatte mit einem Angriff auf den amerikanischen Kontinent begonnen. Die ACCS einigten sich nach kurzem Disput darauf, jetzt einen Überraschungsangriff auf die Russen zu starten. Keinesfalls wollte man den Planeten kampflos diesen kalten Menschen überlassen.

-

El Dorado war ratlos. Alle Blackies standen oder saßen regungslos herum. Die Raketen der Russen schwenkten bereits zur Erde zurück und verteilten sich auf den gesamten amerikanischen Kontinent. Verzweifelt blickte er zu Laura und dann zu den unzähligen Hologrammen über den Tableaus der Bedienungselemente des Raumschiffes. Wie sollte er herausfinden, wie die Waffensysteme zu bedienen sind? Eine Salve der Dimesextakanonen war abgeschossen worden. Wie hatte La - Ter diese aktiviert? Laura sah ihn an. „Ich fühle etwas auf uns zukommen!" sagte sie langsam. Sie blickte zum Antigravlift. Ein Leuchten kündigte das Kommen eines Gegenstandes an. Zuerst schwebte ein Android heraus, ihm folgte ein sehr großer Blackie. Er maß bestimmt an die 2,60 Meter.

48

„Wisst Ihr, was hier gerade passiert?" fragte er die beiden Menschen.

„Anscheinend sind alle Blackies paralysiert!" antwortete Laura. „Und zwar genau seit dem Beschuss der Raketen!" „Wir müssen diese Raketen sofort stoppen!" rief El dem Blackie zu. „Sonst ist unser Kontinent mit zwei Milliarden Menschen nur noch radioaktiver Staub!"

Der Blackie berührte den Androiden mit seinen Händen. Die zwanzig Finger tippten auf der glatten Oberfläche des Roboters in atemberaubender Geschwindigkeit. Der schwebende Ball bewegte sich auf die Hologramme über den Tableaus zu und ein Lichtstrahl drang in eines der Hologramme ein. Zahlreiche andere Hologramme wurden heller und auf dem zentralen Hologramm, das die Geschehnisse im Weltraum übertrug, konnte man zahlreiche gebündelte Strahlen beobachten, die sich schnell auf die schon in der oberen Atmosphäre befindlichen Raketen zu bewegten. Die Hitze des Wiedereintritts in die Luftschicht der Erde ließ die Raketen aufglühen.

Eine erste Rakete verschwand mit einem hellen Blitz. Eine zweite, eine dritte. Plötzlich bemerkte Laura neben sich eine Bewegung. Ra - Tul schien zu erwachen. Er taumelte und stürzte auf den Boden. Langsam stand er wieder auf. Er sah El direkt in die Augen.

„Irgendetwas hat mich paralysiert!" sagte er langsam.

„Was ist passiert? Wie kommt Wi - Tur hierher?"

„Ich bin anscheinend immun gegen diese Lähmungen!" antwortete dieser.

„Daher bin ich sofort, nachdem alle um mich herum eingeschlafen waren, hierher gekommen. Und anscheinend gerade noch rechtzeitig, um eine Katastrophe auf Test 2357 zu verhindern."

„Wir werden das analysieren müssen!" sagte Ra - Tul. „Wenn die Menschen eine solche Waffe haben, müssen wir uns vorbereiten!"

Laura kam plötzlich ein Gedanke.

„Kurz nach dem Beschuss der Raketen setzte die Lähmung bei Euch ein." dachte sie laut. „Oder kurz nachdem die Schutzschirme aufgeleuchtet haben. Vielleicht seid ihr allergisch gegen die Strahlung dieser Schutzschirme!"

„Eine interessante Theorie!" entgegnete Ra - Tul. Zumindest wäre das eine Erklärung. Wir müssen also aufpassen, dass diese Raketen mit den Schutzschirmen nicht zu nah an uns herankommen. Denn jetzt lässt die Wirkung offensichtlich nach."

Wie zur Bestätigung erwachten jetzt auch die anderen Blackies in der Zentrale. Keiner fiel dabei allerdings hin. Ra - Tul sah El Dorado an.

„Kein Wort darüber, das ich nach der Paralyse gestürzt bin, ist das klar!" El blickte verdutzt zurück. Ein Scherz? In dieser Situation! Wirklich erstaunlich, diese Außerirdischen!

15

Oswaldo blickte besorgt auf den Radarschirm. Ihre Raketen befanden sich zwar beim Wiedereintritt in die Atmosphäre und begannen gerade damit, sich zu verteilen und die programmierten Ziele einzeln anzusteuern, allerdings waren die Schutzschirme beim Wiedereintritt wirkungslos und die Außerirdischen begannen damit, auf die Raketen zu schießen. Drei Raketen waren bereits verschwunden, in einem hellen Lichtblitz einfach weg!

„Wir müssen den Angriff erweitern!" sagte er zu Wladimir. „Diese Invasoren schießen anscheinend alle Raketen ab, egal, woher die kommen. Die wollen wahrscheinlich tatsächlich die Erde übernehmen!"

„Dann wollen wir doch mal sehen, was die noch so drauf haben!" grinste Oswaldo. „Ich programmiere 100 unserer schnellsten Raketen mit Atomsprengköpfen und den neuen Laserwaffen, die wir neben den Schutzschirmen

50

zur Verhinderung von Weltraum- Abwehrangriffen entwickelt haben."

Das waren auch schon fast alle der startbereiten Atomraketen der Russen, denn die Staatenbunde hatten sich vor vielen Jahrzehnten auf eine Art „Abrüstung" verständigt, die die völlig absurd hohe Anzahl von Atomraketen stark begrenzen sollte. Es war allen klar, dass alleine schon 100 Atombomben ausreichen würden, um den Globus unbewohnbar zu machen. Und so genügten dann auch jedem Staatenbund ca. 250 Raketen dieser Art, um eine Abschreckung zu gewährleisten. Das war erheblich kostengünstiger als die zehnfache Menge vorzuhalten, und vor allem waren diese wenigen Raketen jetzt stets startbereit und wurden regelmäßig modernisiert.

Oswaldo ging zu einer hellen Oberfläche eines Tisches und berührte diese. Daraufhin tippte er schnell die neuen Ziele im Orbit ein. Zuerst die Würfelschiffe, dann die Kugelraumer. Da die Raumschiffe der Invasoren in einer Umlaufbahn ca. 5000 km über Amerika hingen, ließ er wieder 50 Raketen über den Osten und 50 über den Westen angreifen. Die Silos öffneten sich wenige Minuten später und alle Raketen starteten gleichzeitig in Richtung der Raumschiffe. Keine halbe Stunde später begann die erste Weltraumschlacht in der Geschichte der Menschheit.

-

Auf dem asiatischen Kontinent und den angeschlossenen Inselstaaten begann eine große Evakuierung der Bevölkerung. Die Zentrale Datenerfassungsstelle in Taiwan hatte den Angriff der Atomraketen registriert und die Bevölkerung vor einem atomaren Erstschlag der russischen Konföderation gewarnt. Die Zentrale in Peking sowie der wissenschaftliche Rat in Singapur hatten außerdem einen zweiten Shuttle mit einer kleinen Delegation von

Wissenschaftlern auf den Weg zu den Raumschiffen der Fremden entsandt.

Zeitgleich waren 50 konventionelle Raketen auf dem Weg zu den Staaten der russischen Konföderation. Ein Präventivschlag sollte verhindern, dass die russische Konföderation die ACCS ebenfalls angreifen konnten, wie sie es mit den U.S.A.A. gemacht hatten. Eine Anfrage beim Europarat hatte ergeben, dass sich dieser zunächst zu Sondierungsgesprächen mit allen 35 Staaten der EU in Brüssel treffen wollten. Von Europa war daher keine Hilfe oder Kooperation zu erwarten. Der Kommandant der ACCS, Szen Shian Zing und der Wissenschaftsrat Selahattin Ergün waren sich einig, dass die ACCS jetzt überlegt und gezielt eingreifen mussten, um ihren Einfluss auf die Geschehnisse zu bewahren.

Hier passierte etwas sehr Grosses, etwas, das die Geschichte der Menschheit entscheidend beeinflussen würde. Und das konnte unmöglich ohne den Einfluss der ACCS passieren!

Es gab keinen Kontakt zu dem ersten Shuttle und seinen zwei Besatzungsmitgliedern. Nachdem sie dass Shuttle der Amerikaner zerstört hatten, war der Funkkontakt unterbrochen worden. Dass Shuttle war zwar auf dem Mond gelandet, aber es gab danach keine Informationen mehr. Das Schicksal der beiden Männer musste später geklärt werden. Das zweite Shuttle der ACCS stieg gerade in den Orbit und die türkischstämmige 1. Gesandte Mahagül Ciftci übertrug die Bilder der Außenkameras direkt in die Zentralen der ACCS. Selahattin Ergün als auch Szen Shian Zing stockte der Atem bei dem Bild, das die gewaltigen Raumschiffe der Außerirdischen ihnen bot.

Jetzt konnten sie auch die russischen Raketen beobachten, die sich auf dem Weg nach Amerika befanden und gerade mit dem Wiedereintritt in die Atmosphäre begannen. Sie konnten auch dabei zusehen, wie die erste Rakete in einem hellen Blitz verschwand, ohne die geringsten Spuren zu hinterlassen. Dann eine zweite, eine dritte. Mahagül versuchte jetzt auf allen Frequenzen, Kontakt mit den Fremden aufzunehmen. Das Hologramm im Shuttle zeichnete die Konturen eines großen, schwarzen Wesens.

„Wir kommen friedlich und würden gerne in Kontakt zu Ihnen treten!" sagte sie mit ihrer ruhigen, tiefen Stimme. Mahagül hatte pechschwarze Haare, die struppig hoch standen und ihren Kopf wie eine Corona umgaben. Mit ihren 1,65 Metern Größe und sehr weiblichen Proportionen, einer großen, langen Nase und tiefblauen Augen war sie eine ungewöhnliche Erscheinung. Diese war ihrer Abstammung von nordeuropäischen und afrikanischen Elternteilen geschuldet. Sie hatte in Singapur Gesellschaftskommunikation studiert und dann als Diplomatin in verschiedenen Erdteilen gearbeitet. Jetzt war sie wegen überragender Leistungen vor allem bei Konfliktbeilegungen im Verteidigungsrat tätig.

„Das haben Sie hiermit ja nun erledigt!" bekam sie zur Antwort, in bestem terranisch. Etwas überrascht konnte sie zunächst keine passende Antwort finden. Die zweite Gesandte Liu Lun Mun sprang ein. Liu Lun Mun war Chinesin mit indischem Einschlag und hatte neben ihren schmalen Augen eine für Asiatinnen recht große Nase sowie ein langes Gesicht mit klarem Kinn und blendend weißen Zähnen. Mit ihren 1,80 Metern Körpergröße überragte sie die meisten Asiaten und hatte eine schlanke, athletische Figur.

„Wir sprechen im Namen des Regierungsrates der Asiatisch Chinesisch Cooperativen Staaten der Erde und vertreten somit 5 Milliarden Menschen, " klärte sie den Schwarzen im Hologramm auf, „und wir würden gerne mit Ihnen kooperieren!"

Der Außerirdische blickte die 5 anwesenden Frauen an Bord des Shuttles nacheinander an.

„Gibt es bei Ihnen nur Weibchen?" fragte er. Mahagül hatte ihre Fassung wiedererlangt und lächelte ihn an.

„Nein, aber in unserer Staatenkooperation haben sich die weiblichen Vertreter der Menschen als gleichberechtigtes Geschlecht sehr erfolgreich in den Spitzen vieler Gremien etabliert. Die Weibchen unserer Rasse, wie sie sie nennen, sind empathischer, gelassener, zielorientierter und reaktionsschneller als vergleichbare Männchen."

Die Unterhaltung machte ihr jetzt sichtbar Spaß. Der Fremde wandte sich ihr zu.

„Mein Name ist Wo - Dan und ich freue mich, Sie und Ihre Crew an Bord unseres Kugelraumers begrüßen zu dürfen! Steigen Sie gerne aus ihrem Raumfahrtspielzeug aus und schweben Sie zu uns herüber. Sie können das Shuttle auch mit Ihrem Traktorstrahl neben uns auf Position halten."

Mahagül nickte ihm zu. Woher wusste das Wesen von ihrem Traktorstrahl? Was wussten diese Außerirdischen überhaupt von den Menschen? Warum waren sie hier? Sie nickte jetzt auch den anderen Mitgliedern ihrer Gesandtschaft zu und alle begaben sich in Raumanzügen zum Außenschott. Sie hatte den Traktorstrahl entsprechend programmiert und jetzt schwebten alle fünf Frauen der ACCS zum Kugelraumschiff herüber. Eine Öffnung bildete sich in der Außenhaut und sie gelangten in das Innere des Schiffes. Das Schott schloss sich lautlos und eine Wand vorne löste sich einfach auf und ließ den Blick auf einen langen Gang zu. Ein schwarzer Android schwebte vor Ihnen und setzte sich in Bewegung. Die Frauen mussten fast einen Dauerlauf hinlegen, um ihm folgen zu können. Unvermittelt flog der Roboter in einen Schacht und schwebte nach oben. Mahagül zögerte nur kurz und folgte ihm dann. Sobald sie sich in dem Schacht befand, zog es sie nach oben. „Ist ja geil!" dachte sie.

„Ein Fahrstuhl ohne Kabine!" Die vier Gesandten folgten ihr. Der Android verließ den Schacht über ihnen und schwebte durch einen weiteren Gang zu einem großen Raum. Die fünf Gesandten erblickten zahlreiche schwarze, sehr große Wesen sowie einen irdischen Mann und eine irdische Frau.

16

El Dorado und Laura Nightingale begrüßten die kleine asiatische Delegation kühl und zurückhaltend. Sie waren sich nicht im Klaren über deren Absichten. El hatte zumindest keine guten Erinnerungen an seine erste Begegnung mit dem Materiefänger der ACCS, die ihn fast das Leben gekostet hatte. Wussten die Gesandten davon?

„Mein Name ist Mahagül Ciftci und wir hoffen auf Ihre Unterstützung für die Menschheit! Bitte entschuldigen Sie den etwas unüberlegten Einsatz unseres Materiefängers gegen Ihr erstes Shuttle. Wir konnten aber nicht abschätzen, was genau im Orbit vor sich geht, weil die Funkverbindungen gestört waren." sagte sie zu El gewandt.

„Wenn die russische Föderation ihren Angriff erfolgreich gestaltet, bedeutet das das Ende für viele Milliarden Menschen auf unserem Planeten. Die radioaktive Verseuchung wird das Leben auf unserem Planeten fast komplett auslöschen, früher oder später in fast allen Regionen der Welt! Können Sie das noch verhindern?" fragte sie jetzt, an den Blackie gewandt.

Wo - Dan blickte auf Wi - Tur und Ra - Tul.

„Können wir das?" fragte er die beiden.

„Wir konnten bisher nur 6 der angreifenden Raketen eliminieren, 94 befinden sich kurz vor den Zielen. In der Atmosphäre sind unsere Dimesextakanonen kaum einsetzbar, denn wir schleudern auch große Teile der Atmosphäre mit in die sechste Dimension. Dadurch entstehen starke Turbulenzen in der Atmosphäre von Test 2357 und das gefährdet die Stabilität der planetarischen Ökofunktionen. Kettenreaktionen sind dadurch nicht auszuschließen, sogar sehr wahrscheinlich. Daher schießen

wir mit großer Präzision und sind langsamer als üblich."
antwortete Ra - Tul.

„Geht es auch ein bisschen weniger geschwollen?" sagte
Wo - Dan.

„Wir schaffen es nicht!" war die prompte Antwort.

-

Wladimir Wogati war äußerst gespannt. Jetzt würde sich
die Überlegenheit der russisch konföderativen Technik
zeigen! Die ersten 50 Raketen erreichten die
Würfelraumschiffe. Die Schutzschirme leuchteten, die
Laserkanonen feuerten gebündelt auf das erste Schiff der
Fremden. Keine Gegenwehr! Die Programmierung ließ
jeweils 20 Raketen ihre Laser gebündelt auf einen Würfel
schießen. Oswaldo war sich darüber im Klaren, dass die
Materialien einer außerirdischen Intelligenz sehr
widerstandsfähig sein mussten. Daher die Bündelung der
Laser. Und sie zeigte Wirkung! Auf dem Radarschirm
konnten sie deutlich sehen, wie sich ein glühendes Loch in
der Raumschiffwand öffnete und kurz danach das
Würfelschiff explodierte. Die anderen 50 Raketen kamen
aus der anderen Richtung und steuerten einen
Kugelraumer an. Der Laserbeschuss zeigte hier keine
Wirkung und kurz darauf verschwanden alle 50 Raketen
komplett. Der Beschuss des zweiten Würfelraumers war
erfolgreicher, denn es gab wieder keine Gegenwehr. Auch
das dritte und vierte Würfelschiff explodierte nach
zentriertem Beschuss durch viele Raketenlaser.

Doch nach der Vernichtung des vierten Würfels
verschwanden auch die restlichen 50 Raketen spurlos aus
dem Orbit.

Oswaldo war enttäuscht.

„Nur vier Würfelraumer haben wir vernichtet!"

„Aber wir können etwas gegen diese Invasion
ausrichten, dass haben wir bewiesen!" sagte Wladimir.

„Also schicken wir weitere Raketen zu den Würfeln!"
Oswaldo sah zum Hologramm. Sechs
Interkontinentalraketen waren getroffen worden, die
übrigen 94 schossen auf die Ziele in ganz Amerika zu.
Allerdings hatten die Amerikaner jetzt Abwehrraketen auf
den Weg gebracht. Es wurden dadurch aber nur weitere 11
Raketen vernichtet. Die restlichen 83 erreichten jedoch ihre Ziele! In wenigen
Minuten würde es dort fürchterliche Explosionen geben! Er
machte sich an die Programmierung der letzten 50
Raketen, als er plötzlich ebenso 50 Raketen auf dem
Hologramm erblickte, die sich aus dem Orbit in Richtung
der russischen Konföderation bewegten.

„Die ACCS haben anscheinend einen Präventivschlag
gegen uns gestartet. Die Raketen zielen genau auf die 50
Silos unserer letzten taktischen Atomraketen. Wenn die
hier einschlagen, ist die Hölle los!"

17

„Ich schlage vor, wir machen uns auf dem schnellsten
Weg zur Zentrale der russischen Konföderation" sagte El
Dorado zu Wo - Dan.

„Wir müssen deren Treiben ein Ende setzen, sonst
zerstören sie den ganzen Planeten!"

„Wir fliegen mit unserem Schiff sofort dorthin!"
entschied Wo - Dan. „ Die genaue Position der
militärischen Zentrale ist uns bekannt. Machen Sie sich
bereit, um mit uns dort einzudringen und diese
Unmenschen unschädlich zu machen!"

El Dorado blickte in die Runde.

„Laura, Re - Pal und Ra - Tul kommen am besten mit.
Laura kann Menschen spüren und uns direkt zu dem
Kontrollraum führen."

Mahagül Ciftci sah ihn an.

„Ist ja wohl klar, dass ich auch mitkomme, oder?"

„Falls es zu Gegenwehr kommt, kann ich mit schnellen Reaktionen entscheidend eingreifen! Außerdem haben wir einen Präventivschlag gegen die russische Konföderation gestartet, um weitere Raketenangriffe zu verhindern. Selbstverständlich nur mit konventionellen taktischen Interschall-Raketen."

„Also los, zieht euch die Anzüge an und lasst euch die Waffen erklären! Vielleicht werden die Blackies tatsächlich wieder paralysiert und wir müssen uns selbst wehren können!" Ein anderer Blackie erschien jetzt in der Zentrale.

„Wir haben herausgefunden, dass die diffuse Strahlung der Schutzschirme dieser Raketen tatsächlich Teile unserer Gehirne lähmen kann. Wir nehmen sogar an, dass dies auch für unsere Gegner unerklärlich ist, aber ein Zufall, der ihnen in die Hände spielt!"

„Gibt es schon eine Idee, wie wir uns dagegen schützen können?" fragte Wo - Dan.

„Nein, leider nicht! Wir müssen versuchen, diese Raketen gar nicht erst so nahe herankommen zu lassen! Die Strahlung wirkt nur bis zu 50 irdische Kilometer." gab der Blackie zur Antwort.

„Wir müssen also jederzeit mit einem weiteren Angriff rechnen und werden den Menschen, die hier zurückbleiben, die Bedienung unserer Waffensysteme zeigen!" sagte Wo - Dan.

„Es ist schon seltsam, aber jetzt müsst Ihr Menschen uns helfen!" El sah zu Mahagül, dann zu den anderen vier Gesandten der ACCS. „Ich nehme mal an, wir haben zurzeit dieselben Ziele!" sagte er. Mahagül nickte kurz. „Lassen Sie uns jetzt aufbrechen!"

Der Kugelraumer näherte sich mit einer höllischen Geschwindigkeit Sibirien. Schließlich schwebte das Raumschiff über einer trostlosen Ebene mit spärlichem Bewuchs. Schon vor Jahrzehnten hatten riesige Feuer die Bäume und Sträucher der Tundra vernichtet und der Permafrostboden war ebenfalls aufgetaut. Riesige Moorflächen und Torfvorkommen waren daraufhin in

58

Brand geraten und diese jahrzehntelangen Katastrophen, durch die Erderwärmung hervorgerufen, hatten die Landschaft verödet.

Sie verließen das Schiff und die fünf ungleichen Wesen rannten in ihren schweren Kampfanzügen und bis auf die Zähne bewaffnet scheinbar ohne Ziel los. Doch nach wenigen hundert Metern blieben sie stehen und öffneten einen versteckten Eingang im Boden. El Dorado staunte nicht schlecht, als er in den hell erleuchteten Gang sah. Sie liefen weiter und erreichten nach wenigen Minuten eine Panzertür.

Die Kampfanzüge waren erstaunlich leicht bei den Funktionen, die sie besaßen. Sauerstofftanks, die für ca. 7 Tage reichten, einen Schutzschirm gegen Hitze und Geschosse, einen Antigrav - Projektor zum leichten Abheben mit schubstarken Düsen. Die handliche Laserwaffe hatte keine Probleme, die massive Panzertür in weniger als 60 Sekunden zu öffnen.

Nachdem sich das Metall etwas abgekühlt hatte, ging die kleine Gruppe weiter. Doch kurz hinter der Panzertür erstarrten die beiden Blackies wieder.

„Hier scheinen die Russen wieder Ihren Schutzschirm eingesetzt zu haben, der bisher durch die Panzertür abgeschirmt wurde!" sagte Mahagül Ciftci.

„Wir können die beiden doch hier nicht einfach herumstehen lassen!" sagte El.

„Die sind doch sehr gut geschützt in ihren Anzügen!" entgegnete Laura.

„Ich schlage vor, wir gehen weiter in Richtung Zentrale und verlieren keine Zeit!" sagte jetzt Mahagül entschieden. Der Gang führte nach kurzer Zeit zu einer Abzweigung und teilte sich in drei Richtungen.

„Toll, und wie geht es jetzt weiter?" fragte El.

„Ich spüre mentale Signale aus dieser Richtung!" Laura zeigte in den Gang halbrechts.

„Gut, dann weiter!" übernahm Mahagül die Führung. Eine entschlossene Frau, dachte El bei sich, und auch wieder sehr zurückhaltend. Auf jeden Fall interessant. Vielleicht können wir sie für uns gewinnen.

Sie kamen an eine weitere Panzertür und begannen schon mit dem Laserbeschuss, da öffnete sie sich von selbst und sie sahen sich in einem kleinen Raum stehen. Nachdem sie ein paar Schritte weitergegangen waren, schloss sich die Panzertür hinter ihnen und ebenso schnell wurde die Luft aus der entstandenen Kammer abgesaugt.

Gleichzeitig wurden sie von mehreren Lasern beschossen und kleine Explosionen wie von Handgranaten flogen ihnen um die Ohren. Ohne diese Anzüge hätte kein Lebewesen diese Prozeduren überlebt, das war klar.

Umso überraschter waren die zwanzig Russen in der Zentrale, als sie das Innenschott öffneten und in die Mündungen dreier Laserwaffen blickten. Die Russen begannen nach dieser kurzen Schrecksekunde sofort mit einem Abwehrfeuer aus Lasergewehren, aber die Strahlen wurden von den Schutzschirmen der Anzüge mühelos absorbiert. Ohne sich um die Russen zu kümmern, gingen die drei langsam auf die Schaltkonsolen zu und begannen diese mit den Lasern zu zerstören.

„Dieser Wahnsinn hört jetzt ein für alle Mal auf!" sagte El zu den Russen.

„Sie zerstören mit Ihren Machtgelüsten noch den ganzen Planeten!"

„Sie kapitulieren jetzt sofort öffentlich!" forderte Mahagül die beiden auf.

„Öffnen Sie eine Verbindung zu Ihrem Regierungsrat und geben die Lage durch!"

Der Oststaatler bekam plötzlich ganz glänzende Augen. So, als ob ihm gerade eine Idee gekommen wäre. El fiel auch auf, dass er zur Herstellung der Verbindung ungewöhnlich viele Handlungen auf den Bildschirmen vornahm. Schließlich war die Verbindung offen und ein Mann erschien auf der holographischen Plattform. Bevor irgendjemand etwas sagen konnte, erschienen die beiden Blackies.

Die Russen starrten diese ungläubig an. Auch der holographische Mann starrte in deren Richtung. „Warum starren Sie mich so an?" zeterte Wo - Dan. „Haben Sie noch nie einen Blackie gesehen?" Wladimir Wogati und Oswaldo Weiss waren zu keiner Antwort fähig. Sie und alle anderen im Raum ließen sich leicht überwältigen und wurden gefesselt. Zum Hologramm gewandt sagte El: „Ich fordere die russische Konföderation auf, sofort zu kapitulieren und dies weltweit bekannt zu geben! Sie haben sich schuldig gemacht, eine friedliche Kontaktaufnahme mit den Außerirdischen zu torpedieren und die U.S.A.A. angegriffen zu haben. Wir werden Sie vor das internationale Kriegsgericht in Den Haag stellen lassen!"

Zu den Russen gewandt, sagte er: „Sie kommen jetzt mit uns und werden sich zu verantworten haben!"

Mit diesen Worten machte sich die kleine Gruppe auf den Rückweg zu ihrem Schiff.

18

„Seht euch das an!" rief der Funker Jim Tatcher in der amerikanischen Zentrale begeistert.

„Die Fremden kommen uns mit ihren Raumschiffen zu Hilfe!"

„Irgendwie müssen El und Laura es geschafft haben, die Extraterrestrier zu überzeugen!" meinte Geoffry Nashnels. Gebannt verfolgten alle die Vorgänge auf dem Radarschirm. Sie sahen, wie ein Würfelschiff nach dem anderen explodierte, aber nur wenige Raketen der Russen zerstört wurden.

„Das ist doch völlig unmöglich!" rief Klaus Demeter.

„Wir müssen die Russen unbedingt ablenken, damit sich die Außerirdischen auf die Bedrohung einstellen können!"

„Gute Idee," entgegnete Geoffry, „aber womit bitte sollen wir das bewerkstelligen? Joe hat unsere Abwehrraketen zerstört und wir haben nicht mehr viel zu bieten!"

Klaus verließ die Zentrale in Richtung Abwehrzentrum.
„Er wird sich was einfallen lassen!" sagte Geoffry. „Ein
paar Raketen stehen noch bereit!"

„Und die Funkverbindungen sind wie durch ein
Wunder auch wieder möglich!" rief Jim erfreut.

„Endlich können wir versuchen, mit El und Laura
Kontakt aufzunehmen, oder mit den Außerirdischen!"
Klaus programmierte einen Angriff auf die
Atomraketen, die sich im Anflug befanden. Allerdings mit
Raketen ohne Atomsprengköpfen. Damit wollte er die
russische Konföderation beschäftigen und davon
abbringen, weitere Angriffe auf die Außerirdischen zu
fliegen. Inzwischen versuchte Jim, Kontakt zu den
Fremden aufzunehmen. Ohne Erfolg. Es schien, als wenn
auf den Raumschiffen niemand antworten wollte oder
konnte. Gerade erfolgte der Abschuss einer russischen
Rakete, die schon zum Anflug auf Amerika angesetzt hatte.

Es waren jetzt schon vier Würfelschiffe explodiert und
nur ein Kugelraumer feuerte auf eine weitere Rakete der
Russen. Viel zu langsam und kurz vor Eintritt in die
Atmosphäre explodierte diese. Wenn Jim richtig gezählt
hatte, hatten die Russen erst sechs Raketen verloren. Die
anderen begannen mit dem Zielanflug auf verschiedene
Punkte des amerikanischen Kontinents. Wenn diese
Raketen ihre Ziele erreichten, gäbe es für Amerika keine
Rettung mehr! Alles würde vernichtet und auf lange Zeit
unbewohnbar werden! Die Aufforderung an die
Bevölkerung, sofort entsprechende Schutzeinrichtungen
aufzusuchen, war erst vor ein paar Minuten rausgegangen,
seit die Funkverbindungen wieder möglich waren.

Viel zu spät für die meisten Menschen. Außerdem gab es
entschieden zu wenig atomsichere Bunker in den U.S.A.A.
Geoffry schien verzweifelt. Warum reagierten die Fremden
so zögerlich? Was steckte dahinter?

Plötzlich erschien El Dorado mit einer Gruppe von
Menschen und Blackies in dem holographischen Feld.

„Wir haben die russische Militärzentrale zerstört und sind auf dem Rückweg zu Euch!" rief El ihm zu.

„El, mein Freund, ihr lebt!" rief Geoffry erfreut.

„Warum haben die Außerirdischen nicht alle russischen Raketen vernichtet?" fragte Geoffry jetzt.

„Laura hat mir von dem Angriff berichtet" antwortete El, „aber wir gingen davon aus, dass das kein Problem darstellen würde! Einer der Blackies ist immun gegen die Schutzschirmstrahlung der Russen und hat die Abwehr übernommen!"

„Aber es sind noch 83 Raketen auf dem direkten Anflug auf Amerika!" schrie Geoffry verzweifelt. „Wir konnten nur 11 Raketen im Anflug abfangen! In wenigen Minuten müssten die ersten Raketen ihr Ziel erreichen!"

„Das kann nicht wahr sein! „rief El. „Das darf nicht wahr sein!" Geoffry blickte auf die Radaranzeigen. Einige der letzten verfügbaren Abwehrraketen, die Klaus Demeter gestartet hatte, trafen russische Atomraketen, die in der Stratosphäre verglühten. Aber das waren viel zu wenige! Die gesamte Besatzung der Zentrale im Pentagon verließ den Raum. Auch Geoffry überlegte kurz, sich anzuschließen. Doch dann brach er abrupt ab und blieb stehen.

„Seltsam, " dachte er.

„Ich hätte niemals gedacht, dass ich einmal in eine solche Situation kommen würde. Ausgelöscht! Einfach so! Wahrscheinlich durch einen unheimlich blöden Zufall, der es den russischen Raketen ermöglichte, die Abwehr der Fremden zu überwinden. Wie auch immer, das war's dann wohl! Ich hoffe, El und Laura können noch etwas erreichen!"

In diesem Moment fegte ein atomarer Sturm über den Kontinent. Ganz Amerika verwandelte sich in eine einzige Feuerhölle. Gewaltige Atompilze stiegen in die Atmosphäre auf. Die Feuerwalze riss Städte nieder, verbrannte Wälder und die Natur, zerstörte das Leben fundamental und ohne Ausnahmen. Amerika hatte aufgehört zu existieren!

19

Inzwischen hatten El, Laura, Ra - Tul und Re - Pal sowie Mahagül das Flaggschiff wieder erreicht. Die Oststaatler waren natürlich von der Technik der Blackies überwältigt und staunten still vor sich hin. Sie machten allerdings auch einen sehr zufriedenen Eindruck, was El misstrauisch machte. In der Zentrale angekommen, versuchte er sofort Kontakt zum Pentagon und seinen Freunden aufzunehmen.

Geoffry erschien im Holographen. Die kurze Wiedersehensfreude wurde aber schnell erstickt, denn El erfuhr, dass Amerika von 83 interkontinentalen Atomraketen neuester Bauart und größter Sprengkraft angeflogen wurde. Und er erfuhr ebenfalls, dass die Blackies anscheinend nicht in der Lage gewesen waren, diese Raketen im Weltraum zu eliminieren.

„Wissen Sie überhaupt, was Sie da getan haben?" schrie El die beiden Russen an.

„Ja, natürlich! Wir haben endlich diesen arroganten amerikanischen Staatenbund vernichtet!" antwortete Wladimir Wogati selbstgefällig.

„Sie haben den Tod von zwei Milliarden Menschen auf dem Gewissen! Der gesamte Planet wird wahrscheinlich unbewohnbar werden!"

„Jetzt übertreiben Sie aber!" widersprach Wladimir.

„Zwei Drittel der Erde sind verschont geblieben, und zwar die besseren zwei Drittel!"

Das war selbst für El Dorado zuviel und er konnte sich nicht mehr zurückhalten. Er sprang auf Wogati zu und schlug ihn nieder. Die Russen wurden aus dem Raum gebracht und in Gewahrsam genommen. Ihre gerechte Strafe würden sie bekommen, doch was nutzte das jetzt noch? Das Raumschiff machte sich auf den Weg nach

Amerika, um die Lage zu sondieren. Meldungen von den 16 Schiffen im Orbit ließen allerdings keinen Zweifel an den verheerenden Verwüstungen, die über den Kontinent gekommen waren.

Plötzlich dachte El an Silvie. Es durchzuckte ihn wie ein Blitz. Hitze stieg in ihm auf. Tränen schossen ihm in die Augen. Wie grausam diese Entwicklung doch war! Neben ihm stand Laura, die seine Verfassung sofort bemerkte. Diese unglaublich starken Emotionen verursachten in ihr einen ebenso großen Schmerz.

Vorsichtig berührte sie Els Schulter. Dieser sah sie erschrocken an, ergriff dann aber ihre Hand. So blieben beide eine ganze Weile reglos stehen.

-

„Nichts als tote Landschaften!" sagte Mahagül beim Anblick der Bilder, die jetzt im Holographen erschienen. Verdampfte Seen und Flüsse, verbrannte Städte, überall staubige, graue Erde! Dunkelheit durch eine undurchdringliche atomare Wolkenschicht. Der atomare Winter hatte begonnen. Nichts, absolut gar nichts lebte hier mehr.

„Wir werden Ihnen selbstverständlich mit allen unseren Mitteln helfen, Überlebende zu finden und einen Neuanfang zu versuchen!" sagte sie zu El Dorado und Laura Nightingale. Die ACCS werden auch mit Europa kooperieren! Ich bin überzeugt davon, dass dies auch der wissenschaftliche Rat bei uns so sehen wird! Diese Katastrophe muss dazu führen, dass alle Menschen endlich miteinander arbeiten und die dauernden nationalen Konflikte aufhören!"

El blickte sie dankbar an. Ja, das könnte eine neue Chance für die Menschheit sein!

Doch die radioaktive Verseuchung der Erde bedeutete ein unlösbares Problem! Die Strahlung würde sich nicht auf den amerikanischen Kontinent begrenzen lassen.

Interkontinentale Winde würden sie über den gesamten Globus verteilen. Bei Halbwertzeiten von zig-zehntausend Jahren gab es wahrscheinlich keinen Neuanfang! Durch die radioaktiven Wolken und den atomaren Staub würde sich die Erde außerdem stark abkühlen, kein Sonnenlicht würde diese durchdringen, der ganze Globus würde unter einer radioaktiven Wolkenschicht versinken. Eine planetare Eiszeit drohte.

Wo - Dan stellte sich neben El.

„83 Atomraketen dieser Bauart können unmöglich einen ganzen Planeten zerstören!" sagte er langsam.

„Hatten Sie keine Schutzvorrichtungen? Konnten die Menschen nirgendwohin flüchten?"

„Natürlich hatten wir solche Schutzbunker!" antwortete Laura für El. Allerdings viel zu wenige und viele wussten wahrscheinlich auch nicht, wo sich diese befinden. Unsere Gesellschaft war viel zu sehr auf Events, Zerstreuung und eine Fülle von Freizeitaktivitäten sowie das Erreichen wirtschaftlichen Wohlstands ausgerichtet und es gab zu wenig Bewusstsein für vorausschauende Planungen.

„Aber der Angriff kam auch zu plötzlich und kurz vorher waren noch alle Funkverbindungen gestört. Sämtliche Mobilfunkgeräte ebenso wie das globale Internet! Nachdem die Kommunikation wieder möglich war, war der Zeitraum für Schutzmaßnahmen einfach zu gering! Vielleicht gibt es noch Hoffnung, weil viele Menschen aus Furcht vor einer außerirdischen Invasion in die Bunker gegangen sind."

„Dann lasst uns Überlebende suchen!" rief Ra - Tul.

„Wir müssen jeden Menschen finden, der überlebt hat! Schließlich geht es auch um unsere Mission, den Menschen bei der Weiterentwicklung ihrer Zivilisation und Technik zu helfen. Gemeinsam müssen wir in den Weltraum aufbrechen, um eine wichtige Aufgabe zu erfüllen!"

„Wo sollen denn bitte diese Menschen, die wir finden könnten, leben?" fragte El verbittert.

„Alle müssten in freier Natur Schutzanzüge tragen, und zwar tausende von Jahren lang!"

„Unsere Präventivraketen haben jedenfalls verhindert, dass weitere Raketen von der russischen Konföderation auf die Staaten der ACCS gestartet werden konnten. Die beiden Offiziere aus der russischen Zentrale hatten diese bereits programmiert." berichtete Liu Lun Mun.

„Dadurch können wir uns auf den amerikanischen Kontinent und die russische Konföderation konzentrieren. Asien ist im Moment noch sehr wenig betroffen!"

„Es gäbe da eine Möglichkeit, radioaktive Strahlung zu kompensieren und zu neutralisieren!" brachte sich Re - Pal jetzt ein.

„Wir haben diese Technik entwickelt, allerdings ist sie sehr energieintensiv!"

„Bedeutet?" fragte Mahagül.

„Bedeutet, dass wir nicht genug Energie haben, um die Strahlung in einem solchen Ausmaß zu bekämpfen." antwortete Re - Pal.

„Es muss nicht nur die Radioaktivität beseitigt werden, sondern der Staub und radioaktive Wolken müssen aus der Atmosphäre gefiltert und entsorgt werden. Den radioaktiven Abraum können wir mit Transportcontainern in die Sonne schicken, das wäre kein Problem. Doch die Luftfilteranlagen müssen Gigantisches leisten. Wahrlich eine große Aufgabe!"

„Welche Möglichkeiten haben wir, um Energie zu erzeugen?" El Dorado schöpfte neuen Mut.

„Wir könnten die Sonne anzapfen!" sagte Re - Pal. Mit gigantischen Solarpanels im Orbit fangen wir die Energie auf und leiten diese an unsere Generatoren. Material für solche gigantischen Solarpanels gibt es auf der Erde. Mit der Sonne als Fusionsreaktor und entsprechenden Lasern ließe sich die Energie `runterbringen."

„Wir haben solche Panels seit Jahren bereits in Arbeit!" sagte Mahagül jetzt.

„Unsere Wissenschaftler und Energiekonzerne planen seit vielen Jahrzehnten, Energie aus dem Weltraum direkt nutzbar zu machen. Bisher gab es allerdings große Probleme, solche Panels in eine stabile geostationäre Umlaufbahn zu bekommen und einen gebündelten Laserstrahl zur Erde zu lenken. Die Luft hätte sich zu stark erhitzt und es wäre zu starken atmosphärischen Turbolenzen gekommen. Das haben wir bis jetzt nie in den Griff bekommen und die Forschung auf diesem Gebiet wurde zu Gunsten der Fusionsforschung zurückgefahren. Fusionsreaktoren haben wir allerdings bisher auch nicht so entwickeln können, dass diese nennenswerte Energieüberschüsse produzieren. Die Kernfusion ist seit vielen Jahrzehnten eine eher erfolglose Technik geblieben. Die Solar- Panels stünden allerdings noch zur Verfügung!"

„Also lasst uns alles zusammentragen, was wir haben!" sagte El.

Die Gruppe begab sich zusammen auf eine andere Ebene des Schiffes. Die fünf asiatischen Frauen waren wissenschaftliche Fachfrauen auf vielen Gebieten. Ihr Know - How war selbst für die Blackies von Bedeutung.

„Warum haben die Menschen immer nur national gearbeitet und sich nie wirklich zusammengeschlossen?" fragte sich El im Stillen. „Was für Potentiale wären da zusammengekommen!"

Während die Gruppe aus 7 Menschen und drei Blackies die Details der planetaren Rettung ausarbeitete, suchten jetzt alle 16 Raumschiffe den amerikanischen Kontinent und den asiatischen Kontinent der russischen Konföderation ab. Mit hochsensiblen Bio - Ortern tasteten sie die Landstriche ab und untersuchten besonders die Siedlungszentren der Menschen, also ehemalige große Städte.

Bereits nach wenigen Tagen gab es einen ersten Erfolg: im ehemaligen New York registrierten sie Leben. Die Kugel landete und einige Blackies in Schutzanzügen stiegen aus. Die Hitze war unerträglich, die Sicht gleich Null. Eine meterdicke Staubschicht machte die Fortbewegung fast unmöglich. So kamen sie nicht weiter! Selbst wenn sie einen Bunker mit Überlebenden finden würden, könnten sie diesen auf keinen Fall öffnen oder betreten. Nach einigen Beratungen kamen sie überein, über dem Bunker einen Schutzschirm zu generieren und darunter zunächst eine halbwegs saubere Atmosphäre zu schaffen. Einen Temperatur- Absorber, Staubfilter, ein Luft- Stickstoff- Gemisch und Strahlungsfänger machten die Situation unter diesem Schutzschirm nach einer Woche erträglich. Die Erdschichten mussten meterdick abgetragen werden.

Nach einigen Wochen verließen die Blackies wiederum das Schiff und begaben sich zur vermeintlichen Tür des Bunkers. Der Bio - Orter zeigte immer noch eine große Ansammlung von Lebewesen an.

Hoffnung!

Sie öffneten die schwere Tür. Ein Gang lag vor Ihnen. Stockdunkel! Sie gingen hinein und kamen über viele Treppen abwärts zu einer weiteren Panzertür. Wieder Treppen hinab in die Dunkelheit. Unendlich lang kam ihnen der Weg vor. Schließlich wieder eine schwere Tür. Diesmal sahen Sie Licht und….Menschen!

Als sie die ersten Gestalten sehen konnten, die zusammengekauert in einem Raum saßen und lagen, waren sie unendlich dankbar. Doch plötzlich schoss El der Gedanke an seine Frau wieder durch den Kopf. Vielleicht hatte sie es doch geschafft und konnte sich in den Bunker unter dem Pentagon retten. Unwahrscheinlich, aber dennoch möglich!

Er wollte den Gedanken noch nicht aufgeben, sie lebend wiederzusehen! Er nahm seine Dokumententasche heraus und das Bild seiner Frau in die Hände. Er betrachtete es sehr lange und bemerkte überhaupt nicht mehr, was um ihn herum geschah. Eine tiefe Traurigkeit nahm von ihm Besitz und er küsste das Bild.

„Alles in Ordnung, El?" fragte Laura ihn plötzlich. Sie hatte seine Gefühle empfangen und die große Traurigkeit ergriff auch sie. Beide blickten sich an.

„Es geht schon wieder!" antwortete er, matt lächelnd. Er wusste, dass Laura seine Gefühle kannte. „Wie viele Überlebende befinden sich in diesem Bunker?" fragte er sie, um abzulenken.

„Wir können es nur schätzen, aber es sind wohl einige tausend, verteilt auf viele verschiedene Sektionen dieser Atomschutzanlage." sagte Laura. Ra - Tul organisierte jetzt die Aufnahme aller Menschen in das Kugelschiff, nachdem diese in groben Zügen von der neuen Situation unterrichtet worden waren.

In den Raumschiffen der Blackies befanden sich jeweils nur wenige Individuen. Zum Raumflug war keine große Besatzung notwendig. Die Funktionen waren automatisiert und für Lebewesen bargen Raumflüge immer noch einige Risiken. Daher gab es in den Schiffen sehr viel Platz für die Überlebenden. Die meisten Menschen aus dem Bunker nahmen die Informationen über die nukleare Katastrophe relativ gelassen auf. Vielleicht waren sie auch einfach zu erschöpft, um viele Fragen zu stellen.

Nachdem alle aus der Schutzanlage im Kugelraumer untergebracht worden waren, flogen sie in Richtung Pentagon. Dort, wo es sich befunden haben musste, sahen sie nur noch einen gigantischen Krater. Etwa 10 Kilometer im Durchmesser und wohl mehrere hundert Meter tief. Hier war eine oder sogar zwei Raketen gezielt und direkt eingeschlagen!

Damit hatte sich Els letzte Hoffnung komplett erledigt, Silvie lebend wiederzufinden. Doch auch er war inzwischen zu erschöpft, um darüber lange trauern zu können. Auf ihn warteten jetzt so unendlich viele Aufgaben. Er musste den Kopf frei bekommen, er musste bereit sein, er musste stark sein! Und er war stark, dass wusste er tief in seinem Inneren!

Die kleine Flotte der Blackies überflog Tag für Tag den amerikanischen und russischen Kontinent und nach einem Monat befanden sich schon 10.000 Menschen an Bord der Raumschiffe. Die zentralen Siedlungsgebiete in Nordamerika, Mittel- und Südamerika mit ihren Giga - Städten Ottawa, New York, Mexico - City, Rio de Janeiro und Sao Paulo wie auch kleinere Städte wurden überflogen und analysiert. Laura war im Dauereinsatz, denn sie konnte viele Menschen auch unter der Erde orten.

Teilweise waren sie nur durch einen Zufall gerettet worden, weil eine Funkerin noch vor dem Ende aller Funkverbindungen versehentlich Alarmstufe 5 ausgerufen hatte. Das bedeutete: Atomangriff, alle sofort in die Atomschutzanlagen! Das war in Chicago so passiert, und dieser Frau hatten gut 2500 Menschen ihr Leben zu verdanken. Andere waren einfach ihrer Intuition gefolgt, nachdem die Meldungen über die Geschehnisse in der Welt wieder empfangen werden konnten.

„Wie weit seid Ihr mit Euren „Dynamos"" fragte El Wo - Dan. Der guckte ihn an.

„Was bitte sind Dynamos?"

„So hießen früher Stromgeneratoren an Fahrrädern!" antwortete er.

„Ich werde Dir mal unsere „Dynamos" zeigen!" erwiderte Wo - Dan nicht ohne Stolz.

„Schau Dir ruhig die erste Anlage im Hologramm an! Wir haben sie in Nordamerika aufgebaut.

„Und wir haben die ersten Solarpanels mit einem Würfelschiff in den Orbit gebracht und dort entfaltet!" informierte Mahagül.

Liu Lun Mun ergänzte: „Das Panel hat eine Fläche von zehn Quadratkilometern und mittels eines Parabolspiegels bündelt es die Energie zu einem unglaublich energiereichen Laserstrahl. Dank der Technik der Blackies konnten wir ihn auf eine Wellenlänge programmieren, die die Erhitzung der Atmosphäre gering hält. Auf der Erdoberfläche in der Nähe der Generatoren haben die

Blackies eine Art Umspannwerk errichtet, das die Energie direkt zu den Maschinen leitet." „Und die Aggregate zur Reinigung der Atmosphäre werden jetzt installiert!" ergänzte Wo - Dan.

El sah auf das Hologramm. Ein riesiger Generator stand irgendwo in einer Wüste. Staub, Berge von Geröll, Trümmer, verbrannte Natur überall. Diese Maschine sah derartig unwirklich aus, dass El an eine surrealistische Installation denken musste. Gut 100 Meter lang und 50 Meter breit, ca. 50 Meter hoch war dieser Koloss von Technik. Die Oberfläche war glatt, man konnte absolut nicht sehen, wie und ob dieses Gerät funktionierte. Hoffentlich reichte die Energie aus!

Die anderen Raumschiffe suchten noch monatelang nach Überlebenden, während die ACCS zusammen mit den Blackies, und nach drei Wochen auch mit den Europäern die Paneele im Weltraum aufbauten und insgesamt 50 Aggregate über die ganze Welt verteilt aufstellten.

Eine unglaubliche Anstrengung, Tag und Nacht arbeiteten alle Menschen und Blackies an der Technik zur Befreiung der Welt von der atomaren Strahlung. Da auch die Erde und sämtliche Gegenstände kontaminiert waren, musste die Erdoberfläche gereinigt werden.

Schließlich sollten noch die gigantischen Staubwolken und der atomare „Fallout" entsorgt werden. Stück für Stück zeigten sich nach einigen Monaten deutliche Erfolge!

Die atomare Verseuchung hatte natürlich nicht nur den amerikanischen Kontinent betroffen, sondern die gesamte Erde war davon vergiftet. Die Bevölkerung der anderen Länder litt ebenfalls unter der Strahlung und es gab millionenfache Todesfälle.

Diese unsichtbare Gefahr wurde vielfach unterschätzt, trotz täglicher Berichte. So stieg die Zahl der Toten von Monat zu Monat immer weiter, bis sie schließlich nach einem Jahr zurückging, weil die Reinigung der Erde vorankam.

Nach einem halben Jahr gab es fast 4 Milliarden Todesopfer. Das waren 40 % der Weltbevölkerung! Amerikaner gab es nur noch 50.000, die Europäer waren auf 500 Millionen geschrumpft und die ACCS auf 2,5 Milliarden. Australien war am wenigsten betroffen, die russische Konföderation ungerechterweise auch eher wenig. Dort gab es nur die „Hotspots", in denen sich die restlichen nicht gestarteten Atomraketen befunden hatten, die von den Raketen der ACCS zerstört worden waren.

Dieser gigantische Aderlass an Menschen war an sich schon eine Katastrophe, aber der Zustand der Natur war ebenso fürchterlich. Viele Tier- und Pflanzenarten waren ausgestorben. Das Weltklima spielte verrückt, die Meere waren in Aufruhr, die Temperatur war durch die Verdunkelung der Atmosphäre durch atomare Staubwolken stark gesunken. El konnte jetzt sehen, was früher als „atomarer Winter" bezeichnet worden war, und zwar global!

Doch die Überlebenden steckten nicht auf, denn die Blackies gaben den Menschen Hoffnung!

Nach einem Jahr waren sie soweit, die Neuordnung der Welt und den Wiederaufbau zu beginnen. In einigen Gegenden konnten sich Menschen schon wieder ohne Schutzausrüstung frei bewegen. Gemeinsam mit den ACCS und Europa sowie auch der russischen Konföderation und den anderen Staaten wurde beraten, wie ein Neuanfang gestaltet werden könnte.

El Dorado wurde von den Expertenkommissionen und Regierungsräten an die Spitze einer Weltregierung gewählt und bildete mit Laura Nightingale, Mahagül Ciftci, Liu Lun Mun und anderen Spezialisten aus allen Teilen der Welt einen neuen, zentralen Regierungsrat.

Die Blackies begleiteten die Menschen bei ihrem Neuanfang freundschaftlich und kompetent. Es gab unter ihnen auch Frauen, die allerdings auf mentale Bereiche spezialisiert waren. Einige von ihnen konnten ähnlich wie Laura emphatische Impulse orten und verstehen, andere waren medizinisch führend oder erforschten die Möglichkeiten der mentalen Zusammenarbeit vieler Gehirne auf rein energetischer Ebene. Eine Art psychischer Zusammenkunft und dadurch die Verstärkung der mentalen Energie. Erste Ergebnisse waren die Möglichkeit, Materie bewusst durch gebündelte Gedanken zu beeinflussen. Dabei waren sie allerdings seit vielen Jahren nicht weitergekommen. Hierbei sollte sich die Begegnung mit den Menschen auch für das Volk der Blackies zu einer großen Bereicherung entwickeln!

„Genau auf diesem Gebiet hatte Silvie geforscht"! dachte El. Wie sehr wünschte er sich, dass sie diese Entwicklung hätte miterleben können! Doch er duldete nicht, dass ihn diese Gedanken lange beschäftigten.

Das Leben auf der Erde hatte wieder begonnen! Die Zukunft gestaltete sich hoffnungsvoll!

Zweites Kapitel – Ein neues Zeitalter

Auf der Erde schrieb man das Jahr Null. Diese neue Zeitrechnung war begründet durch die epischen Veränderungen vor dieser Zeit, die eine grundlegende Zäsur in der Entwicklung der Menschheit bedeutet hatten. Ein uralter Menschheitstraum war bereits verwirklicht worden: die 4 Milliarden Überlebenden lebten unter **einer** Verwaltung friedlich zusammen. Toleranz, Empathie und Gemeinsinn prägten den Umgang miteinander. Es gab viele Menschen, die ihre Unterschiedlichkeit als Gewinn für die Gemeinschaft einbrachten. Jeder nach seiner Begabung und Neigung, aber auch dem Gemeinwohl verpflichtet. Die gesellschaftliche Gewichtung von Tätigkeiten wurde völlig neu gestaltet.

Eine Kommission von Sozialwissenschaftlern erarbeitete einen Kanon von Werten bestimmter Tätigkeiten und auch deren Vergütung. Die höchsten Vergütungen bekamen Menschen, die für andere Menschen da waren, ihnen halfen, sie heilten, pflegten, erzogen und betreuten. Wissenschaftliche Tätigkeiten, die dem Gemeinwohl Vorteile brachten, wurden ebenfalls hoch eingeschätzt. Erzeugnisse, Konsumgüter, Lebensmittel hatten einen ursächlich begründeten Preis, der für alle nachvollziehbar war. Wettbewerb durch Privatfirmen, Konzerne und öffentliche Institutionen gab es zahlreich. Hier hatte der den größten Erfolg, der die beste Umwelteffizienz erzielen konnte. Natürlich wurden Kultur, Sport, Musik, Gesundheit, Kunst und Geisteswissenschaften von frühen Jahren an stark gefördert, denn dies hatte sich als eine der Säulen für ein konstruktives Miteinander erwiesen.

Die Erde konnte nach 10 Jahren intensiver Reinigung als saniert angesehen werden. Die Meere, die Wasservorräte, die Pflanzen und Tiere hatten sich halbwegs gut erholt und wuchsen zahlreich nach. Es gab viele schreckliche Mutationen, aber auch interessante Veränderungen von Erbgut.

Eine spektakuläre Veränderung soll hier beschrieben werden: im Jahre 10 wurden Kraken beobachtet, die aus dem Meer aufs Land „gingen" und sich dort in Bäumen niederließen.

Die Atmungsorgane hatten sich soweit verändert, dass sie Luft atmen konnten. Die Tentakel wurden zur Fortbewegung und zum Klettern genutzt. Auch wurden die Kraken, wie beobachtet werden konnte, erheblich älter als ihre Vorfahren in den Meeren. Selbst nach 5 Jahren zeigten die Individuen noch keine starken Alterserscheinungen. Zur Verständigung entwickelten sie eine Art Klappern, das mit dem Schnabel erzeugte wurde, begleitet oder ergänzt durch Pfeifgeräusche aus dem Atemrohr. Sie zeigten ein intelligentes Verhalten, bauten sich Verstecke in den Bäumen ähnlich der Nester oder Kobel anderer Tierarten. Und sie lebten nicht mehr isoliert, sondern bildeten familiäre Gruppen. Die Kraken waren eines der Wunder der Evolution, die sich nach der Katastrophe gebildet hatten und wurden von einer wachsenden Schar Wissenschaftlern und anderer interessierter Menschen beobachtet und studiert.

Die neue Zeitrechnung brachte auch eine neue Zeiteinteilung: eine Minute hatte 100 Sekunden, eine Stunde 100 Minuten und so weiter. Ein Tag hatte 10 Stunden, eine Woche 10 Tage, das Jahr 10 Monate. Ein Dezimalsystem also, welches die Zeiterfassung revolutionierte und vereinfachte.

Die Erziehung und Bildung wurde ebenfalls völlig neu gedacht. Die Expertenkommissionen für Aus- und Weiterbildung entwickelten ein Konzept von Schule, das jedem Kind individuelle Entwicklungsmöglichkeiten eröffnete.

Die Schüler saßen an einem Tisch in einer Art transparenter Kabine, bedienten ein holographisches System und hatten Zugriff auf sämtliche Datenbanken eines Fachbereiches. Jeder konnte sich ein Thema aussuchen, für das er sich interessierte und sich darin weiterbilden. Nach einer bestimmten Zeitspanne gab es Pausen, die Interaktionen zwischen den Schülern erlaubten und förderten. In diesen Pausen wurden die Kinder angeleitet, ergebnisoffen und zugewandt zu kommunizieren. Streitgespräche wurden nach Bedarf moderiert und begleitet, um den jungen Menschen Wege aufzuzeigen, diese auf empathische Weise zu führen und nie verletzend oder abwertend anderen gegenüber aufzutreten. Natürlich gab es immer wieder mal offene Konflikte, denn es handelte sich ja weiterhin um Menschen, die bestrebt waren, sich zu verbessern und keinesfalls perfekt waren. Da keine Lehrkräfte mehr für den Unterricht benötigt wurden, konnten sich die Pädagogen intensiv den sozialen Belangen der Jugendlichen widmen.

Bleibt noch zu erwähnen, dass es keine Gefängnisse mehr gab, denn zunächst waren alle Menschen einfach nur dankbar, überlebt zu haben und wollten an dem Neuanfang teilhaben. Jeder konnte seine eigene, vielleicht dunkle Vergangenheit, hinter sich lassen. Diejenigen, die doch mal etwas stahlen, andere übervorteilten oder gar mutwillig verletzten, wurden zu Gemeinschaftsdiensten verpflichtet. Durch neue Technologien war es möglich, den Aufenthaltsort aller Menschen stets zu ermitteln. Missbrauch war dadurch unmöglich geworden.

Die Vorteile dieser neuen Transparenz überwogen die Nachteile, die manchmal die Privatsphäre der Menschen betrafen.

Neugeborene wurden sämtlich gechipt und Ausweispapiere oder ähnliche Dokumente gehörten der Vergangenheit an. Auch die Erwachsenen wurden nachträglich mit diesen Chips ausgestattet. Die Identität wurde einfach gescannt und von einem zentralen Datensystem verifiziert. Auf diesen Chip wurden auch finanzielle Mittel gespeichert, die jeder zugeteilt bekam.

Zu einer auskömmlichen Grundversorgung kamen je nach Tätigkeit dann weitere Guthaben hinzu. Wenn etwas gekauft wurde, wurde der Gegenwert beim Erhalt des Gutes abgebucht. So hatte jeder Mensch nach 20 Jahren „sein" Portemonnaie immer dabei. Quantencomputersysteme machten die Verarbeitung dieser gigantischen Datenmengen möglich.

El Dorado war inzwischen 55 Jahre alt. Er hatte wieder geheiratet, hätte man früher gesagt. Jetzt gab es die registrierte Lebenspartnerschaft mit gegenseitiger Verpflichtung, seinem Lebenspartner ein verlässliches Pendant zu sein. Diese Übereinkunft war zeitlich weder begrenzt noch verpflichtend für einen Zeitraum, etwa wie früher „lebenslang". Es betraf auch nur diese beiden Menschen, die sich dazu entschlossen hatten.

El hatte Mahagül Ciftci für sich gewinnen können, sich sozusagen auf den zweiten Blick in diese selbstbewusste und sehr kluge Frau verliebt.

Laura Nightingale hatte zwar lange Zeit darauf gehofft, die Freundschaft zu El auf eine neue Basis inklusive Liebe stellen zu können, doch sie wusste im Grunde genommen schon sehr früh, wie El fühlte. Da war immer nur unendliches Vertrauen und Vertrautheit zwischen ihnen, immer sehr freundschaftlich, aber nie in sexueller Hinsicht.

Mit Mahagül schienen El`s Gefühle plötzlich zu explodieren. Die beiden arbeiteten jahrelang relativ eng zusammen, weil Mahagül als 1. Gesandte der ACCS immer wieder gemeinsam mit El die asiatischen Staaten auf diesen neuen Anfang eingeschworen hatte. Sie war außerordentlich stark mit El`s Sicht auf die Welt einig und beide zogen an einem starken gemeinsamen Strang.

Das Schlüsselerlebnis für die beiden war ein Treffen mit dem Wissenschaftsrat der ACCS und der Europäischen Gesandten im Jahre 5.

Nachdem einige Landstriche der Erde wieder halbwegs bewohnbar waren, gab es Streit um die Verwaltungszonen in Europa, Afrika, Australien und Asien. Mit Mahagül an

78

seiner Seite hatte El eine begnadete Diplomatin, die außerdem über überdurchschnittliche rhetorische Fähigkeiten und einer satten Portion Humor verfügte. Sie guckte die sich mal wieder streitenden Teilnehmer der Verwaltungsräte und Kommissionen, Frauen wie Männer, der Reihe nach mit ihren tiefblauen Augen an und grinste dabei unverhohlen. Nicht spöttisch, sondern eher neckisch. Dann hob sie ihre tiefe Stimme und sagte:

„Meine lieben Mitmenschen! Wir haben jetzt über 5 Jahre gebraucht, um wenigstens Teile unserer Welt wieder bewohnbar zu machen. Sie alle befinden jetzt über die Art und Weise, wie wir damit umgehen wollen. Jeder von Ihnen weiß genau, wie es zu diesen Zerstörungen kommen konnte. Die alten Strukturen mit verschiedenen Regierungsräten und Bündnissen, unterschiedlichen Herangehensweisen an der Gestaltung unserer Erde und ein Konkurrieren gegeneinander kann wirklich nicht die Lösung für unsere Zukunft sein. Möglicherweise sind viele von Ihnen da meiner Ansicht. Wenn wir uns hier aber nicht auf einen Konsens für eine gemeinsame Regierungsarbeit einigen können, habe ich einen Vorschlag zu unterbreiten:

Ich empfinde, und das sehen Sie sicherlich genauso, eine tiefe Dankbarkeit gegenüber den Blackies. Sie haben uns die Möglichkeiten aufgezeigt, eine bessere Welt ohne Hass, Kriege und Unterdrückung zu begründen. Diese freundlichen Außerirdischen, die wir sehr in unsere Herzen geschlossen haben, würden sich sicherlich über meinen Vorschlag wundern, aber wenn wir es wieder nicht schaffen, uns selbst zu überwinden, schlage ich hiermit vor, die Geschicke der Menschheit zu treuen Händen diesen friedliebenden Blackies zu übertragen. Sie sollen uns in Zukunft regieren und die bisherigen Verwaltungs- und Regierungsräte aller Kontinente ersetzen. Dadurch wird niemand von uns Menschen benachteiligt. Gibt es dazu noch Alternativvorschläge?"

El stockte zunächst der Atem, aber ein schneller Blickwechsel mit Mahagül sagte ihm alles.

„Eine wirklich kluge, immer wieder überraschende Frau!" dachte er für sich. Und bei dem Gedanken an diese Augen überkam ihn plötzlich eine unheimlich starke Gefühlswallung und Gänsehaut, dass er nicht wusste, wie ihm geschah.

Die Reaktion der Ratsmitglieder war interessant. Einige zeigten ihre Ablehnung unmissverständlich, andere wirkten wie vor den Kopf gestoßen, manche murmelten irgendetwas vor sich hin. Minutenlang herrschte ein reges Stimmengewirr im Raum. El bemerkte viele ratlose Gesichter.

Schließlich stellte Mahagül sich mitten in den Raum, drehte sich um ihre eigene Achse und sagte dann zu allen:

„Meine lieben Freunde, dass war ein Scherz! Wir sollten bei allen ernsten Themen und Entscheidungen unsere menschlichste Seite, nämlich die humorvolle, nicht völlig vergessen! Meinen Sie nicht auch?"

Einige schmunzelten, andere lachten entspannt und wenige waren immer noch bestürzt.

Selahattin Ergün vom Wissenschaftsrat der ACCS entgegnete als erster etwas.

„Meine liebe Mahagül! Du hast uns da den Spiegel vorgehalten, Respekt. Ich plädiere dafür, einen globalen Regierungsrat zu wählen, der sich aus den verschiedenen Teilen der verbliebenen Welt und nach Kompetenz und Eignung zusammensetzt. Es wäre gut, wenn wir dabei nicht auf einer paritätischen Zusammensetzung gemäß den Anteilen von Europa, Asien, Afrika, Australien und Russland achten würden. Allein sachliche und fachliche Hintergründe sollen uns leiten. Ein oder zwei Vertreter der Blackies könnten aber durchaus dabei sein, wenn diese unser Angebot annehmen möchten. Ich bin bereit, in Asien für dieses Verfahren zu werben und bin mir sicher, auf breite Zustimmung zu treffen."

Der europäische Rat beriet sich kurz und stimmte dem Vorschlag schließlich zu. Die anderen Teilnehmer zeigten

80

sich ebenfalls einsichtig und bedauerten sogar, diesen anfänglichen Streit unterstützt zu haben.

„Ein bedauerlicher und hoffentlich entschuldbarer Fauxpas unserer „alten" Seelen", beschrieben sie sich treffend.

„Das wird wohl immer mal wieder passieren und wir sollten, alle wie wir hier sind, wachsam sein und uns gegenseitig vertrauensvoll immer wieder zurück auf diesen neuen Kurs bringen. Menschen ändern sich nicht über Nacht, Veränderungen brauchen Zeit und die meiste Zeit brauchen Veränderungen in uns selbst."

Spontan klatschten Mahagül und El ob dieser wahren Erkenntnis Beifall und die anderen Teilnehmer fielen ein. Danach war die Stimmung sichtlich entspannt, als hätte sich in den Köpfen der Menschen eine Art Knoten endlich gelöst. Mahagül hatte mit ihrer listigen, provokanten, aber sehr sympathischen Art diese Veränderung bewirkt.

Als die Zusammenkunft beendet war, die Bildung der „Weltregierung" sozusagen beschlossene Sache war, begleitete El Mahagül zu ihrer Kabine. Die Tür schob sich lautlos zur Seite und sie wollte gerade hineingehen, als El sie am Arm festhielt.

„Das war gut!" sagte er zu ihr und strahlte sie an. „

Ich weiß!" erwiderte sie nur kurz, blickte ihm wieder direkt in die Augen, stellte sich plötzlich auf ihre Zehenspitzen und gab El einen wirklich atemberaubenden, leidenschaftlichen Kuss.

Bevor El reagieren konnte, befand er sich in ihrer Kabine, wurde auf die Liege gestoßen und Mahagül warf sich mit Schwung auf ihn. Es folgte eine unruhige, stürmische Nacht mit viel Zärtlichkeit, emotionaler Erotik und flüsternden Gesprächen.

Von dem Tag an waren die beiden ein noch verschworeneres Team, ob sie nun gemeinsam oder einzeln an den großen Aufgaben der Menschheit arbeiteten. Im Jahre 12 wurde El`s und Mahagül`s Sohn Chris geboren, der den Namen Dorado führte.

Chris war jetzt 8 Jahre alt und hatte seine erste Ausbildung bereits beendet. Er hatte sich als kleines technisches Genie schon früh für Physik und Chemie interessiert und wollte unbedingt in die Forschung gehen.

2

Im Jahre 25 arbeitete Chris, erst 13 Jahre alt, mit einem Forschungsstab von Blackies und Menschen daran, die Menschheit für eine Reise in die Galaxis „Andromeda" vorzubereiten.

Die Technik der Blackies wurde als Grundlage für neue, schnellere Antriebe, Waffen und Verteidigungstechniken genutzt.

Ra - Tul und Re - Pal hatten von einer bevorstehenden Invasion aus Andromeda berichtet, die in vielleicht 100 Jahren wieder stattfinden würde. Die letzte Invasion der „Flashers" konnten die Blackies vor 800 Jahren abwehren und die Wesen aus Andromeda zogen sich nach schweren Verlusten zurück.

Die gefangenen Flashers berichteten aber freimütig von immer wiederkehrenden Invasionen. Diese intelligenten, hochentwickelten Wesen hatten in Abständen von hunderten von Jahren immer wieder den Drang, in die Nachbargalaxien einzufallen und dort Leben zu vernichten und alles von den Opfern zu assimilieren, was ihnen nützlich sein konnte.

Sie suchten systematisch nach den wenigen hochentwickelten Zivilisationen, um diese dann zu übernehmen.

Sie vernichteten die Völker und brachten die Errungenschaften in ihren Besitz, um weiter zu wachsen und besser zu werden. Mächtiger, stärker, überlegener. Interessanterweise suchten die Flashers anscheinend immer nur in den Randgebieten der Milchstraße, und daher war es nur eine Frage der Zeit, wann sie die Erde finden würden. In Andromeda gab es außer den Flashers nach Auskunft der Blackies keine andere hochentwickelte Zivilisation mehr.

Die Flashers hatten in ihrer Galaxis sämtliche raumfahrenden Völker „übernommen". Daher suchten sie nun in der Nachbargalaxie Milchstraße nach weiteren Möglichkeiten, sich Technologien zu stehlen. Die Blackies hatten bereits mehrere Invasionen der Flashers in den letzten Jahrtausenden abgewehrt, allerdings die letzte nur mit großer Anstrengung und riesigen Verlusten.

Chris Dorado hatte die Idee, dieser nächsten Invasion zuvorzukommen und vorgeschlagen, eine Flotte von genügend Raumschiffen mit allen zur Verfügung stehenden Techniken nach Andromeda zu entsenden und die Flashers entweder zu Verbündeten zu machen oder sie eben dauerhaft von solchen Invasionsgedanken abzubringen.

Ra - Tul hatte das Ziel von 1000 Raumschiffen vorgegeben. Die Flashers verfügten wahrscheinlich über zehntausende von Kampfschiffen, denen man dort gegenüberstehen würde. Über welche neuen Techniken diese Flashers mittlerweile verfügten, war nicht bekannt. Auf jeden Fall hatten sie große Teile der Blackie - Technologien gestohlen und verfügten somit über deren Waffentechnologien. Die Menschen mussten daher an besseren Waffen, Energieschirmen und Antriebsaggregaten arbeiten.

Der Regierungsrat der Erde hatte einige Tage über diesen Plan beraten und ihn zunächst verworfen. Auch El und Mahagül waren sehr skeptisch.

Sie zogen diplomatische Vorgänge zur Konfliktlösung vor. Selahattin Ergün vom Wissenschaftsrat war die angebliche Bedrohung zu abstrakt.

„Wir können eine solche Invasion, wenn sie denn erfolgen würde, wahrscheinlich mit weniger Aufwand in unserem eigenen Sonnensystem oder dieser Galaxie genauso gut abwehren. Hier kennen wir uns aus, hier haben wir unsere Basis und können auf verschiedene Verteidigungsstrategien zurückgreifen!"

„Darüber haben wir uns schon die Köpfe zerbrochen", antwortete Wo - Dan, der Blackie im Rat.

„Aber schließlich sind wir hier zu der Überzeugung gekommen, dass eine Invasion dieses Ausmaßes für unsere Erde viel zu bedrohlich wäre. Die Waffentechnik der Flashers lässt möglicherweise auch Distanzwaffen zu. Ihre Gravitationsbomben könnten das gesamte Raum - Zeit - Gefüge unseres Sonnensystems durcheinander wirbeln. Dagegen haben wir noch keine Abwehr. Daher ist es unbedingt zu vermeiden, diese Flashers auch nur in die „Nähe" unserer Erde gelangen zu lassen. Mit Nähe meine ich jetzt mal einige Lichtjahre."

Chris nickte zustimmend, El war noch nicht überzeugt davon, Ra - Tul und Re - Pal, die als Berater anwesend waren, stimmten wiederum zu.

„Wir haben die Flashers bei der letzten Invasion unterschätzt und unser Volk hätte dies fast mit der Vernichtung bezahlt." sagte Wo - Dan.

„Ich halte den Vorschlag eines Präventivschlags gegen die Flashers direkt in Andromeda für die einzige Möglichkeit, diese Invasion zu verhindern!"

Der Rat zog sich daraufhin zurück und nach einigen Tagen gab es dann eine Mehrheit für die Reise nach Andromeda.

3

Laura Nightingale, inzwischen 61 Jahre alt geworden, arbeitete im Jahr 25 als Wissenschaftlerin mit einem Team von 27 Menschen und 7 weiblichen Blackies an der Erweiterung der mentalen Verbindung von Individuen. Sie suchten intensiv nach entsprechenden Begabungen unter den Menschen.

Diese zeigten sich nach der Pubertät und gingen einher mit der Verringerung der Aktivität der Thymusdrüse.

84

Diese Drüse war immer in ihrer Bedeutung eher nachrangig behandelt worden, stellte sie doch nach der Pubertät weitgehend ihre Funktionen ein. Bisher war nur bekannt, dass sie für den Aufbau des menschlichen Immunsystems entscheidend war und dieses nach ca. 14 Jahren ausreichend für ein Menschenleben gerüstet schien. Warum die Drüse ihre Arbeit genau nach der Pubertät einstellte, blieb immer ein Rätsel.

Natürlich, hormongesteuert war diese Entwicklung, das war bekannt. Andere Drüsen übernahmen Aufgaben im erwachsenden Menschen, Sexualhormone wurden produziert. Bei der Untersuchung von mental besonders begabten Menschen hatte sich allerdings gezeigt, dass bei ihnen die Thymusdrüse entgegen den Erwartungen weiterhin mit der Produktion von Hormonen aktiv war.

Die Art der Hormone beeinflusste die Aktivität einer bestimmten Gehirnregion, die für den Empfang und die Erzeugung von elektrischen Signalen zuständig war. Die Stärke dieser elektrischen Signale war normalerweise nur für die Übermittlung von Nervenimpulsen über die Nervenbahnen zu den Gliedmaßen, also für muskuläre Aktion und Reaktion verantwortlich. Dieses spielte sich in Milli- Ampere Bereichen ab.

Doch während bei durchschnittlichen Menschen die Signalstärke zwischen 3 und 20 mA lag, übertraf sie diese bei begabten Menschen um den Faktor 10 bis 100! Laura verfügte über eine „Sendestärke" von immerhin 150 mA und hatte entsprechend empfindliche „Empfangssensoren" ausgebildet. Sie konnte daher andere Menschen „orten", also deren elektrische Nervenimpulse empfangen, zumindest empfinden. Blackies hatten eine hohe Signalstärke, die bis zu 500 mA reichte. Jetzt gab es junge Menschen von etwa 20 Jahren, die eine Signalstärke von 1000 mA erzeugen konnten, bei starker Erregung sogar 2000 mA. Möglicherweise eine Folge der radioaktiven Strahlung und deren Auswirkung auf die Erbinformationen. Bei diesen Menschen konnten Laura und die Blackies sowie andere begabte Menschen sogar einzelne Gedanken empfangen.

Laura erklärte diese Phänomene ihren Schützlingen folgendermaßen: „Der rechte Parietallappen und der rechte Temporallappen ist der Knotenpunkt für die Gehirn-Synchronisation zweier Menschen.

Rythmische Oszillationen in derselben Frequenz machen die Spiegelneuronen aktiver. Ihr könnt euch das so vorstellen wie bei Radio - Empfängern der Vorzeit. Je empfindlicher und weitreichender das Empfangsteil dieser alten Radios war, umso mehr Sendungen konnte man damit empfangen. Und je besser der Verstärker damals war, desto deutlicher und klarer waren diese Signale. Bei entsprechend begabten Menschen wie euch hier kann dieses Signal erheblich verstärkt und trainiert werden. "

In Versuchen ging das weit über grobe Muster wie Wut, Freude, Trauer und Spannung hinaus. Laura konnte Farben empfangen, die die Probanden sahen, konnte Geschmacksrichtungen schmecken, die diese schmeckten und vereinzelt sogar auch Worte „hören".

„Unser Ziel ist jedoch keinesfalls das Gedankenlesen oder -senden zu verstehen und zu lernen, sondern unser Ziel soll es sein, unsere Fähigkeiten zu vereinen, zu bündeln." sagte sie in einer Vorlesung vor einer Gruppe von hochbegabten Mentalisten.

„Wir haben die Idee von einer vereinten Geisteskraft, die auf eine Wellenlänge gebracht und so auf Objekte oder auch auf Erkenntnis gelenkt wird. Objekte können wir dadurch energetisch orten und beeinflussen. Wir können diese bewegen. Wir können aber auch uns nur durch diese geistigen Energien bewegen. Nicht körperlich, aber geistig, räumlich. Sozusagen schicken wir unsere Bewusstseine gemeinsam auf eine Reise durch die Sphären der Erkenntnis."

Sie blickte in ratlose Gesichter.

„O.K., das war jetzt vielleicht ein bisschen zu dick aufgetragen, aber so ähnlich stelle ich mir das vor!" lachte sie.

Sie empfing viele humorvolle Empathien und Zustimmung. „Wir gehen jetzt gemeinsam in einen isolierten Raum und probieren das gleich mal aus!" Die Gruppe von 11 Studenten folgte ihr in den Antigravlift nach unten. Dort begrüßte sie ihr Team. Die Begabten brauchten keine Erklärungen oder Begrüßungen, denn dies lief alles innerlich ab. Jetzt sollte es jedoch zu einer kleinen Präsentation der Vorgänge kommen, die Laura soeben aufgezeigt hatte. Ihr Team stand Rücken an Rücken in einer Reihe und diese fügte sich jetzt zu einem Kreis zusammen. Daher blickten sich die inneren Mitglieder im Kreis alle an und die äußeren Mitglieder blickten in alle Richtungen heraus.

Für die Verstärkung von Signalen hatte sich diese Konstellation als am besten geeignet erwiesen.

Nun nahmen sich die äußeren Mitglieder der Gruppe einen Gegenstand zum Ziel. Dieses Ziel wurde mental auch an die inneren Gruppenmitglieder gesendet.

Alle 23 anwesenden Teammitglieder nahmen dieses Ziel nun wahr und konzentrierten sich darauf.

Der Fußball flog mit einem plötzlichen Schwung in die Arme einer der wartenden Studentinnen. Da sie etwas in dieser Art erwartet hatte, fing sie den Ball geistesgegenwärtig sicher auf.

Die anderen Studenten klatschten leise Beifall, doch viel lauter klatschten sie mental. Alle lachten entspannt und begeistert.

„Wow," sagte Laura, „hier haben wir es ja mit einer sehr sportlichen jungen Dame zu tun! Wie heißen sie?"

„Ich bin die Tochter von Liu - Lun Mun, heiße Mai - Lin Mun" sagte diese nicht ohne Stolz.

„Das ist ja unfassbar, welch ein Zufall!" antwortete Laura. „Ich habe deine Mutter gut gekannt! Sie hat maßgeblich zu der Gründung unserer neuen Weltordnung nach dem atomaren Exitus vor 25 Jahren beigetragen. Eine großartige Frau!" Laura fühlte, dass es sich bei Mai - Lin Mun um ein großes paranormales Talent handelte. Und Mai - Lin fühlte sich stark zu Laura hingezogen. So eine Art von Seelenverwandtschaft.

Im den folgenden Monaten bewies Mai - Lin ihre überdurchschnittlichen Fähigkeiten in zahlreichen Versuchen und wurde nach nur 6 Monaten in das Team von Laura aufgenommen.

4

Die Produktion von Raumschiffen lief an. Während die Menschen auf der Erde die gesellschaftliche Entwicklung weiter voranbrachten, entstanden riesige Fabriken für Kugelraumer im Weltraum.

Diese Kugeln mit einem Durchmesser von 5000 Metern waren für intergalaktische Reisen perfekt ausgestattet, aber nicht für Landungen auf Planeten. Dafür gab es kleinere Kugeln, von denen jedes Schiff 10 Einheiten an Bord hatte.

Die untere Halbkugel der Kugelriesen beherbergte die Antriebstechnik, Beiboote sowie Energiegeneratoren, Verteidigungs- und Angriffswaffen, Schutzschirmgeneratoren, Verpflegungs- sowie medizinische Abteilungen. Die obere Hälfte der Raumschiffe war den Menschen vorbehalten. Es gab Aufenthaltsräume, Appartements für die Besatzung, holographische Abteilungen für die Bildung und Unterhaltung der Crew. Auch Räume für Forschungszwecke gab es viele.

Die Bewaffnung und die Antriebstechnik waren überwiegend von den Blackies übernommen worden. Die 10 alten Kugelraumschiffe wurden als Ausbildungsräume genutzt. Sie befanden sich in geostationären Umlaufbahnen. Die 6 verbliebenen Würfelraumer waren auf dem Mond gelandet und ergänzten die Mondstation.

Chris arbeitete jetzt mit einem Genie namens Hendrix Escapening zusammen. Er war eines der wenigen Kinder des Jahres „Null".

Dieser erst 25 jährige Hendrix hatte einen selbst für Blackies überraschenden Antrieb entdeckt: den Dimesexta Generator. Er hatte die Dimesexta Kanonen der Blackies jahrelang genauestens studiert und daraus eine Technik entwickelt, die es erlaubte, ein Raumschiff auf Lichtgeschwindigkeit zu beschleunigen und mit einem weiteren Energieschub in die vierte Dimension zu katapultieren. Dieser Hyperraum war allerdings extrem instabil und Reisen durch den Hyperraum endeten nach den Erfahrungen der Blackies regelmäßig mit unberechenbaren Zeitverschiebungen. Hendrix fand eine Möglichkeit, in diesen Hyperraum nur den Bruchteil einer Sekunde einzutauchen um dann sofort in die fünfte Dimension zu gelangen. Dafür erfand er einen Quellmechanismus, der auf Quantentechnik beruhte und dadurch extrem schnelle Reaktionen des Triebwerks ermöglichte. Aber auch der Raum der 5. Dimension erwies sich als ungeeignet für große Raumsprünge, denn dort gab es die Gefahr, in schwarze Löcher hineingezogen zu werden. Diese verursachten im interstellaren Raum schwer vorhersehbare Gravitationsschluchten, in die ein Raumschiff unweigerlich hineingezogen wurde.

Erst der Sprung in die sechste Dimension brachte ein Raumschiff außerhalb des Raum-Zeit-Gefüges des bekannten Raumes.

In dieser Dimension erschien das Universum als eine Ansammlung von Blasen, die frei herumschwebten. Jede Blase war eine Galaxie. Die Navigation erfolgte hier mittels genauer Kenntnis der exakten Massen und Energiegrößen einer Galaxie.

Jede Galaxie hatte ihren ganz eigenen „Fingerabdruck" und konnte dadurch aus der sechsten Dimension exakt angesteuert werden. Man befand sich sozusagen im Inneren der Kugel, die unser Weltall darstellte. Der uns bekannte Weltraum hatte die Form einer „Kugel". Jede Galaxie entfernte sich von der anderen.

Bildlich gesehen wie auf der Hülle eines Luftballons, der durch die Kraft des Urknalls immer mehr aufgeblasen wird. Alle Galaxien, die sich vom Zentrum dieses Urknalls aus entwickelt hatten, entfernten sich in alle Richtungen von diesem Kern, befanden sich auf der „Hülle" des Luftballons. Das Licht folgte dieser Raumkrümmung und so konnte man die Galaxien in dem den Menschen bisher bekannten Raum-Zeit-Kontinuum nur auf dieser äußeren Ebene betrachten. Das „Innere" dieser Kugel musste absolut leer sein.

Nun war daher der kürzeste Weg zu einer Galaxis nicht der, der der Raumkrümmung folgte, sondern der direkte, also lineare Weg. Doch um diesem zu folgen, musste ein Raumschiff dem geltenden Raum-Zeit-Gefüge entkommen. Dies geschah mit dem „Sprung" in die sechste Dimension.

Das Raumschiff nahm sich dann die Zielgalaxie ins Visier und materialisierte genau dort. Dieses nach ihm benannte Escape - Triebwerk benötigte nur für die Beschleunigung und die Sprünge in die verschiedenen Dimensionen Energie.

Für den eigentlichen Raumflug war keine Energie notwendig und ein großer Teil der bis dorthin verbrauchten Energie konnte durch das Wiedereintauchen in die dritte Dimension, dann genau nahe der Zielgalaxie, zurück gewonnen werden.

Wie viele große Erfindungen im Grunde genial einfach.

Chris hatte bei der Abbremsung dieser Raumsprünge die entscheidenden Ideen verwirklicht. Hier musste unbedingt vermieden werden, in die Nähe von schwarzen Löchern, Gravitationsfeldern oder Raum- Zeit- Paradoxien zu kommen.

Daher konnte nur am Rande der Zielgalaxien in die 3. Dimension zurückgesprungen werden. Innerhalb dieser Galaxien war die Sternendichte zu hoch und die Gefahr von Kollisionen war zu groß.

Hendrix und Chris waren nach dieser Zusammenarbeit gute Freunde geworden.

Die Tests mit einem Prototyp des Raumschiffes waren ohne menschliche Besatzung durchgeführt worden.

Der erste 5000 Meter Raumer war nach 5 Jahren Bauzeit fertig gestellt und wurde im Jahre 30 auf eine interstellare Reise nach Andromeda geschickt.

Die Androiden an Bord der Terra 1 speicherten alle Daten in der Leitzentrale an Bord. Die Übermittlung von Signalen dauerte über so große Distanzen viel zu lange, denn Radiosignale bewegten sich nur mit Lichtgeschwindigkeit durch den Raum.

Erst nach der Rückkehr des Schiffes wurden diese auf der Erde ausgewertet. Die wissenschaftliche Zentrale der Erde befand sich immer noch auf der Insel Taiwan im chinesischen Meer. Chris und Hendrix werteten fast ohne Pause diese Informationen aus und errechneten mittels der Quantencomputer und intelligenten, selbstlernenden Algorithmen alle notwendigen Verbesserungen.

Das wissenschaftliche Team bestand aber nicht nur aus Technikern, sondern auch aus der Forschungsgruppe um Laura Nightingale. Schließlich sollten an Bord dieser Raumschiffe bis zu 2.500 Menschen jahrelang zusammenleben. Es wurden alle möglichen Versuche unternommen, dieses Miteinander so harmonisch und effizient wie möglich zu gestalten.

„Ihr seid für die untere Sektion zuständig, wir für die obere Hälfte der Schiffe" sagte Laura zu Chris. „Wir sind bereits gut vorangekommen mit der Auswahl der ersten Besatzung.

Mai - Lin hat eine große Anzahl von hypermental begabten Menschen angeworben, die schon seit einigen Monaten zusammen leben und arbeiten."

Chris kannte Mai - Lin von einigen Treffen beider Forschungsteams und sie war ihm natürlich aufgefallen.

Er wusste, dass sie die Tochter von Liu - Lun Mun war, die er durch seinen Vater kennengelernt hatte. Aber bisher ergab sich nie die Gelegenheit, mit ihr auch nur ein paar persönliche Worte zu wechseln.

Dieses sollte sich nun nach Abschluss der ersten intergalaktischen Reise der Terra 1 ändern. Die technischen Funktionen hatten sich als robust und zuverlässig erwiesen. Die Sprünge in die sechste Dimension liefen gut und vor allem der Wiedereintritt in die Zielgalaxie gelang perfekt. Die Reisen innerhalb der Zielgalaxie wurden mit Überlichtgeschwindigkeit im Hyperraum durchgeführt. Die Zeitverschiebungen mussten als unvermeidbares Übel hingenommen werden. Je nach Vorhandensein von Gravitationswellen fielen sie von sehr gering bis sehr groß aus.

So hatte die Terra 1 innerhalb eines Monats nicht nur den Andromeda Nebel, sondern auch noch die 2 benachbarten Zwerggalaxien Andro - Alpha und Andro - Beta erkundet und genau katalogisiert.

Die von der Erde aus gemessenen Energie- und Massezustände hatten sich fast ausnahmslos bestätigt.

Nur bei Andro - Alpha hatten sich nicht zu erklärende Abweichungen der Energiedichte herausgestellt. Andro - Alpha besaß erheblich weniger Masse und sehr viel mehr Energie als die Messungen von der Erde aus vermuten ließen. Auch die Blackies konnten sich diese Differenzen nicht erklären.

„Möglicherweise seid ihr auf dem einen Auge, das nicht nur die technischen Fakten sieht, etwas blind. „ sagte Mai - Lin.

„Energie wird nicht nur durch Hitze, Masse und Materie oder stellare atomare Reaktionen erzeugt. Es gibt auch die mentale Energie, wie wir seit Jahren wissen. Stellt Euch bitte einmal vor: ein Mensch erzeugt ein paar Milli - Ampere. Die begabtesten Menschen haben eine Feldstärke von einigen hundert Milli - Ampere. Multipliziert das jetzt mal mit einer möglichen Zivilisation, die der unseren nicht nur technisch, sondern auch in der mentalen Entwicklung um Jahrzehntausende voraus ist. Bei einer Anzahl von

92

einigen Milliarden Wesen dieser Art können da unglaubliche Energien entstehen.

Und wenn ich mir vorstelle, dass diese sich, wie es uns bereits gelungen ist, durch einen Zusammenschluss noch gegenseitig verstärken, wird diese Energie fast unermesslich." Chris sah Mai - Lin etwas verständnislos an.

Das sah wohl sehr komisch aus, denn Mai - Lin begann plötzlich zu lachen.

Doch dann zuckte sie zusammen, denn sie hatte Chris' Gedankenmuster empfangen.

Sie empfing Zuneigung, ja sogar Liebe. Ohne es verhindern zu können wurde sie rot.

Chris hatte zwar nicht diese Begabung, begriff aber sofort, was hier gerade passierte. Er hatte sich verliebt. Unglaublich! Diese asiatische Frau mit den schulterlangen schwarzen Haaren, der etwas zu langen und großen Nase, den großen, dunklen ausdruckstarken Augen, die etwas ganz Besonderes ausstrahlten. Sie war schlank, 175 cm groß und ihre Körperhaltung drückte eine gleichzeitige Eleganz, Leichtigkeit und Stärke aus. Er fasste sich als erster und bemerkte:

„Wenn ich dich richtig verstehe, hältst du es tatsächlich für möglich, dass geistige Energie der technischen, materiellen Energie nicht nur ebenbürtig, sondern sogar überlegen sein kann?"

„Das halte ich nicht nur für möglich, Chris, das ist ein Faktum. Du kannst dich, wenn es deine Zeit erlaubt, gerne einmal bei uns einfinden und unserem Training beiwohnen. Vielleicht merkst du etwas, auf jeden Fall kannst du es mit eigenen Augen sehen, was da möglich ist."

Sie strahlte ihn unverhohlen an. Er gefiel ihr. Seine liebenswerte Art, die blauen Augen, die etwas krausen, aber hellbraunen Haare, die er von seiner Mutter geerbt hatte sowie seine athletische Figur mit den 190 cm Körpergröße hatten etwas sehr Attraktives.

Aber besonders gefielen ihr seine Neugier, seine Offenheit für Neues und sein offensichtlicher Humor, den seine Eltern auch hatten.

„Diese Einladung nehme ich sehr gerne an," antwortete er, „ich komme gleich morgen mal zu euch in die Tele-Kammer!" Die Forscher im Team von Chris hatten sich immer wieder lustig gemacht über die Arbeit dieser Mental - Forschungsgruppe von Laura.

Sie nannten den Laden Tele- Kammer, und niemand von ihnen begriff genau, was die dort so trieben. Auf jeden Fall hörten sich die Berichte für die technischen Forscher etwas zu „mystisch", fast spirituell an.

„Tele- Kammer!" echote Mai - Lin und lächelte.

„Kein schlechter Name für Leute wie euch, die ihr Gefühlsleben wahrscheinlich exakt messen und dann in steuerbare Aggregatzustände definieren.

Wie viel Bionik steckt eigentlich in euren Gehirnen? Sind da noch Neuronen oder nur noch Quantenteilchen?"

Chris war schon wieder überrascht.

„Also, mein Gehirn fühlt sich ziemlich Bio an. Ich nutze eben nur die Kapazitäten effizient. Da gibt es bei vielen Menschen noch sehr viel Luft nach oben!"

„Dann freue ich mich auf deinen Besuch morgen bei uns in der „Kammer". Bring bitte deinen Taschenlaser mit, wir haben es eher dunkel und sehen mit unserem inneren Auge."

Sagte Mai - Lin und wandte sich zum Ausgang des Kontrollraumes der Leitzentrale.

„Eine interessante Frau, und vor allem eine sehr interessante Theorie, um die Differenzen unserer Messdaten von Andro - Alpha zu erklären," sagte Hendrix später zu Chris, als er von seiner Unterhaltung mit der Mentalistin erzählte.

„Wir sollten diese Möglichkeit in Betracht ziehen, solange wir keine anderen Erklärungsmodelle haben."

„Mai - Lin hält es also für möglich, dass es im Zwergnebel neben Andromeda eine Intelligenz gibt, die

94

der unsrigen mental um Lichtjahre voraus ist," sagte jetzt Re - Pal, der mit Ra - Tul als Berater in Chris' Forschungsgruppe arbeitete.

„Mit uns meine ich jetzt mal die Menschen sowie die Blackies, denn mental und metaphysisch sind wir uns relativ ähnlich."

„Laut Erkenntnissen unserer Forscher gibt es aber in Andromeda nur noch eine raumfahrende Intelligenz, nämlich die der Flashers," warf Ra - Tul jetzt ein, „und wenn diese Erkenntnisse korrekt waren, müssten diese Wesen sich gegen die Invasionen erfolgreich zur Wehr gesetzt haben."

„Oder sie haben sich bisher gar nicht um diese Flashers gekümmert, weil sie über keine Technologien verfügen, sondern nur noch ihre geistigen Energien einsetzen," meinte Hendrix dazu.

„Und das wirft hier die Frage auf, wie wir auf solche Situationen reagieren können!"

„Haben wir eine Verteidigung gegen mentale Angriffe?"

„Wie soll das gehen?" fragte Chris.

„Mit einer mentalen Gegenmacht?" „Vielleicht sollten wir nicht so militärisch denken, wenn es um mentale Energien geht!" warf jetzt Ra - Tul ein.

„Wesen, die einen derartigen Entwicklungsstand erreicht haben, müssten eigentlich seit langem erkannt haben, dass Aggressionen oder Machtkämpfe komplett unsinnig sind." „Das wäre ja fast zu schön, um wahr zu sein!" entgegnete Hendrix.

„Wir werden es in einigen Jahren wissen!" schloss Chris die Überlegungen.

„Solange haben wir noch genug zu tun, um unsere Flotte auf die Reise zu schicken. Ich bin selbst sehr gespannt darauf, dann endlich zu erfahren, ob es neben den Flashers tatsächlich noch eine andere Zivilisation in Andromeda oder meinetwegen in Andro - Alpha gibt."

5

Weitere 5 Jahre später, im Jahre 35, waren bereits 20 Kugelraumer fertig gestellt. Die Geschwindigkeit der Montage wurde immer weiter gesteigert.

Im Orbit gab es jetzt 15 geostationäre Docks zur Montage dieser Riesenkugeln. Um die ständigen Raumtransporte zu rationalisieren und zu beschleunigen, gab es für jedes Dock einen Weltraumfahrstuhl, der große Lasten von der Erde dorthin transportieren konnte.

Auf der Mondstation wurden ebenfalls Materialien für die Schiffe hergestellt, die dort wegen der sehr geringen, aber doch vorhandenen Schwerkraft optimal produziert werden konnten.

Alles lief Hand in Hand, perfekt organisiert, getaktet und geplant. Die Besatzungen der fertigen Raumer, von der Terra 1 bis zur Terra 20, lebten bereits überwiegend auf diesen Schiffen im Orbit. Es gab schwerelose Sektionen an Bord und Sektionen mit irdischer Schwerkraft.

Eine Erfindung war immer noch nicht gemacht worden und erschien auch unmöglich: das Beamen.

Es war schlicht nicht erreichbar, lebendige Körper zu entmaterialisieren, abzustrahlen und an einem anderen Ort perfekt wieder zu rematerialisieren. Alle Versuche mit Lebewesen endeten mit dem Tod derselben und wurden nach kurzer Zeit deswegen eingestellt. Der Ethikrat hatte sich entschieden gegen weitere Versuche ausgesprochen.

Alle Lebewesen, also auch Tiere, wurden seit dem Neubeginn im Jahre Null gleichberechtigt mit den Menschen behandelt. Es durfte nicht mit ihnen gehandelt werden, sie hatten das Recht auf Selbstbestimmung und Unversehrtheit. Tiere durften nicht eingesperrt werden, nicht benutzt oder ausgenutzt werden.

Lebten Tiere mit Menschen zusammen, dann nur solange, wie es ihnen gefiel. Kein Mensch „besaß" ein Tier, sondern teilte nur mit ihm seinen Lebensraum.

Das ging einher mit der Ernährung, die seitdem ohne Fleischverzehr akzeptiert war. Tierprodukte wurden, wenn auch in zu vernachlässigender Menge, verwendet.

Die Folge dieser grundsätzlich fleischlosen Ernährung war nach 35 Jahren, dass viele der sogenannten Zivilisationskrankheiten bei der neuen Generation, die nach dem Jahre Null geboren waren, nicht mehr auftraten. Das ganze Gesundheitswesen war völlig anders gestaltet worden. Es wurde auf Prävention gesetzt, die eine Behandlung von Krankheiten fast überflüssig machte. Krankenhäuser in dem Sinne wie früher gab es ohnehin nicht mehr.

Akute Probleme, zum Beispiel Knochenbrüche, die aufgrund der besseren Ernährung aber sehr selten waren, wurden in dezentralen Ambulanzzentren behandelt. Übergewichtige Menschen gab es nicht, allerdings waren gesundheitliche Probleme durch zu wenig körperliche Anforderungen häufiger. Sogenannte degenerative Muskelschwäche und Gelenkprobleme durch zu geringe Bewegungshäufigkeit.

Viele Tätigkeiten fanden eben überwiegend vor einer holographischen Projektion oder im virtuellen Raum statt.

Die Menschen beschäftigten sich deswegen in den Freizeiten mit sportlichen Aktivitäten.

Der amerikanische Kontinent war nach der Atomkatastrophe nicht mehr von Menschen besiedelt worden. Die Natur konnte sich dort völlig unbeeinträchtigt neu entwickeln.

Auch waren dort keine Menschen zu touristischen Zwecken zugelassen. Amerika war wieder der „unentdeckte Kontinent" wie vor 800 Jahren. Erste Wälder, Seen, Flüsse und Graslandschaften bildeten sich, Tiere und Tierarten wurden zahlreicher.

Doch 35 Jahre sind für die Natur eine sehr kurze Zeit und so blieb Amerika aus dem All betrachtet ein verwüsteter Kontinent mit sehr großen, öden Landschaften. Stürme tobten oft über das Land. Dadurch wurden aber auch Keime, Saaten und Vögel über weite Entfernungen neu verteilt. Es würde noch Jahrhunderte dauern, bis man von einem Naturparadies würde reden können.

Zurück zum nicht möglichen „Beamen" von Lebewesen. Gegenstände hingegen zu „beamen" war zumindest denkbar, aber wegen der sehr hohen dafür benötigten Energie und der ungewissen Erfolge hatte sich der 3-D-Drucker, den es schon seit über 150 Jahren gab, als viel bessere Möglichkeit erwiesen. Die meisten Bauteile der Raumschiffe wurden im Orbit in den Vakuumdocks mit holographischen Vorlagen in 3-D- Druckern hergestellt.

Es blieb nur die Aufgabe, das dafür notwendige Rohmaterial in ausreichenden Mengen dorthin zu bringen. Mit den Weltraumfahrstühlen hatten die Techniker jedoch auch diese Aufgabe sehr erfolgreich gelöst. Ein Material, das die Blackies mitgebracht hatten, erwies sich als leicht und stabil genug, die enorme Strecke von 35.786 km von den geostationären Weltraumdocks hin zur Erdoberfläche zu überbrücken.

Dadurch wurde die Fertigung ständig beschleunigt und im Jahre 50 waren schon 750 Einheiten startbereit.

Der Wissenschaftsrat feierte gemeinsam mit dem Regierungsrat und allen an diesem Projekt „Flashers" beteiligten Teams diesen Erfolg.

Aber auch nach Erreichen dieses Zwischenzieles musste die Produktion weiterlaufen. In zehn Jahren, so die Planung, würden 1000 Einheiten bereitstehen. Danach waren weitere Schiffe geplant, denn die Erde musste verteidigt werden, wenn die Verhinderung der Invasion nicht gelingen sollte.

Die Besatzungen der ersten Raumer lebten jetzt schon 20 Jahre in den Schiffen und es hatten sich viele Wechsel ergeben. Jeder lebte freiwillig an Bord einer solchen Kugel im Weltraum und es gab nicht eben wenige, die erkennen mussten, dass sie für ein solches Leben einfach nicht geeignet waren.

Erst nach vielen Jahren hatte sich auf den Schiffen eine Gemeinschaft gebildet, die harmonisch funktionierte und die Option auf ein noch längeres Zusammenleben zuließ. So ein „Weltraumdorf" war autark. Es konnte sich selbst versorgen, über viele Jahre und Jahrzehnte. Die Erzeugung von Lebensmitteln erfolgte über Bio- Reaktoren. Sämtliche Materialien und Rohstoffe befanden sich in einem vollendeten Kreislauf. Nur Energie wurde diesem System von außen zugeführt, und die kam von der Sonne. Im interstellaren Weltraum sollte die Energie ebenfalls aus kosmischen Energiequellen gewonnen werden. Es gab die Option für diese Menschen, sich auf einem geeigneten Planeten niederzulassen, wenn sich die Gelegenheit bieten sollte.

Die Besiedelung fremder Welten bedeutete auch, den Bestand der menschlichen Zivilisation zu sichern und sich weiter zu entwickeln. Warum also nicht in Andromeda eine „Zweigstelle" der Menschheit errichten?

Genetisch reichten 100.000 Individuen aus, um eine erfolgreiche Vermehrung zu gewährleisten. Und in den 1.000 Raumschiffen würden zusammen 2.5 Millionen Menschen leben!

Chris Dorado war inzwischen 38 Jahre alt, gemeinsam mit Mai - Lin hatte er zwei bezaubernde Mädchen. Rachel war 14 und Lotta 12 Jahre alt. Ihr Opa El hatte immerhin schon 85 Jahre auf dem Buckel, erfreute sich zusammen mit Mahagül aber einer robusten Gesundheit. Die Gelegenheit zu familiären Treffen hatten sie allerdings wenig.

Trotzdem liebten die Mädchen ihren Opa und die Oma. Am liebsten spielten sie auf dem Gelände von El`s kleinem Appartement im Naturpark von Okinawa. El wohnte auf der ehemals japanischen Inselgruppe. Die Inseln hatten durch den Anstieg des Meeresspiegels leider enorm an

Größe verloren, aber das immer noch subtropische Klima, die entspannte Lage am Meer und die schon traditionell ungewöhnlich hohe Lebenserwartung der Bevölkerung hatten Mahagül und El sofort überzeugt.

Sie hatten sich in diese Inselgruppe verliebt und ein kleines Appartement mit Meerblick gepachtet. Privates Eigentum an Land gab es nicht mehr, denn die Erde gehörte allen Lebewesen und daher eben nur sich selbst. Menschen erwarben Nutzungsrechte, die Dauer war frei verhandelbar. Der Ertrag kam wiederum der Allgemeinheit zugute und wurde vom Verwaltungsrat umverteilt.

Taiwan, wo Chris mit Mai -Lin lebte, war nur 125 km entfernt und in 15 Minuten per Airocopter zu erreichen.

Der Luftverkehr funktionierte autonom und die Airocopter standen zahlreich zur Verfügung. Diese Fluggeräte boten Platz für bis zu 10 Personen und flogen mittels elektromagnetischen Antigraffeldern lautlos bis in Höhen von 1000 Metern.

Jeder Bürger konnte diese Geräte ordern und nutzen. Nach der Nutzung blieben sie dort stehen und warteten auf neue Order. Die Energieversorgung erfolgte mittels Solarpaneelen, die die gesamte Oberfläche und Flügel bedeckten. Leistungsstarke Speicher versorgten die Airocopter auch bei Dunkelheit mit Energie. Die gesamte Mobilität fand im Luftraum statt. Die kleinsten Einheiten sahen aus wie frühere Motorräder und es saßen zwei Menschen darauf, allerdings durch eine transparente Kuppel geschützt. Mit solchen Duocoptern flogen Lotta und Rachel gerne über die Landschaften und landeten dann in entlegenen Gegenden, um diese zu Fuß zu erkunden.

Da auch diese Fluggeräte völlig autonom flogen, brauchten sie nur ein Ziel anzusagen und sogar Kinder durften damit fliegen.

Die beiden Mädchen waren sehr naturverbunden.

Mahagül musste ihnen immer wieder von der Zerstörung der Erde und deren anschließender Heilung erzählen.

Sie waren befreundet mit zwei Blackie - Kindern, El - Tel und Mi - Rul und besuchten gemeinsam die Ausbildungszentren in Taiwan. El - Tel und Mi - Rul kamen oft mit zu Mahagül und El und alle unternahmen lange Wanderungen über die Insel. Vom nur 570 Meter hohen Hauptberg genossen sie den Blick rundherum auf das Meer und einige Nachbarinseln.

Die kahlköpfigen Blackie - Kinder wuschelten auch unglaublich gerne in Mahagüls jetzt schneeweißer Mähne herum und lachten in dieser glucksenartigen, hohen Tonart, wie es bei den Blackies eben so war.

El - Tel war ein Junge und Mi - Rul ein Mädchen. Die äußerlichen Unterschiede waren allerdings sehr gering und Blackiekinder waren von Menschen kaum vom Geschlecht her voneinander zu unterscheiden.

Die Kinder hatten sich außerdem fest in den Kopf gesetzt, in einem der Raumschiffe mit nach Andromeda zu reisen.

El und Mahagül hatten auch große Lust, dabei zu sein, allerdings waren sie schon sehr alt für solche Aktionen.

Jetzt, also im Jahre 50, hätte es eigentlich losgehen sollen, aber es dauerte noch weitere 10 Jahre, bis die 1000 Einheiten fertig gestellt waren. Laura Nightingale war vor zwei Jahren im Alter von 84 Jahren gestorben. Wie seit Jahrzehnten üblich wurde ihr Körper durch Schnell - Kompostierung wieder den Elementen zurückgegeben. Bereits nach 4 Wochen war der Körper eines Menschen durch diese bewährte Methode komplett wieder zu Erde geworden. Friedhöfe gab es nicht mehr und jeder gestorbene Mensch wurde so wieder Teil der ewigen Schöpfung und dem Kreislauf der Elemente zurückgegeben. Mahagül, El und die Angehörigen trafen sich auf Okinawa, um einen Nachmittag ihrer lieben Freundin und Wegbegleiterin zu gedenken. Dies gestaltete sich überwiegend fröhlich und es wurden viele Geschichten aus den gemeinsam erlebten Jahren zum Besten gebracht.

6

Für die Kinder passte der Zeitpunkt des Aufbruchs im Jahre 60 nach Andromeda prima, denn mit Mitte 20 waren alle Ausbildungen beendet und jeder Mensch begann mit einer Tätigkeit für die Gemeinschaft.

Rachel und Lotta wollten unbedingt bei den Bio-Reaktoren arbeiten und die Nahrungsmittelproduktion verbessern helfen. Daher studierten sie Biologie, Chemie und Genetik. Die Blackie - Kinder hatten sich den mentalen Forschungsgruppen angeschlossen und verbesserten ihre mentalen Kräfte innerhalb von 10 Jahren unglaublich!

Die Startvorbereitungen gingen in die letzte Phase. Chris und Hendrix bildeten im Jahre 60 mit Mai - Lin, Re - Pal und Ra - Tul ein Team auf der Terra 1000. Lotta und Rachel sowie die Blackies El - Tel und Mi - Rul bildeten auf der Terra 999 ebenfalls ein Team.

Als besondere Ehre bekamen nun El und Mahagül trotz ihres hohen Alters von 95 Jahren die Gelegenheit zur Mitreise. Sie bildeten einen ethischen Rat, der gemeinsam mit dem Team, das ursprünglich von Laura gegründet worden war und jetzt von Mai - Lin geleitet wurde, die Vitalfunktionen der 2.500.000 Menschen an Bord aller Raumschiffe betreuten. Durch die starken paranormalen Fähigkeiten der Mitglieder dieser Gruppe konnten sie immer die Gedanken, Gefühle und psychischen Zustände aller Menschen empfangen und darauf reagieren, falls es notwendig sein sollte.

Der Start verlief fast unspektakulär, denn die Schiffe befanden sich ja bereits im Weltraum. Dennoch wurde ihr Aufbruch auf der ganzen Erde gespannt mitverfolgt.

Es sah schon majestätisch aus, als sich die 1000 Kugelraumschiffe zu bewegen begannen und dann wie

102

durch einen starken Sog immer kleiner wurden. Wenige Sekunden nach dem Start waren die Raumer auch schon verschwunden. Kurze Beschleunigung auf Lichtgeschwindigkeit, Sprung in den Hyperraum, dann die 5. und 6. Dimension.

El und Chris standen nebeneinander in der Zentrale der Terra 1000 und sahen sich die Bilder der Raumüberwachung an.

Vollkommene Schwärze, darin unzählige, helle Blasen. Runde, ovale, spiralförmige.

Völlige Lautlosigkeit. Statik.

Keine Bewegungen zu erkennen. Es kam ihnen wie ein abstraktes Stillleben vor, ein Kunstwerk der Schöpfung!

„Unglaublich, das sehen zu dürfen!" sagte El zu Chris.

„Ich empfinde eine tiefe Dankbarkeit für alles, was mir in meinem Leben widerfahren ist!"

Mahagül kam zu ihnen, schließlich gesellte sich auch Hendrix dazu. Und auch die Blackies Re - Pal, Ra - Tul und Wo - Dan näherten sich jetzt. Ra - Tul sah Chris an.

„Wir sind fast am Ziel unserer Mission! Die Menschen haben es geschafft. Bald werden wir wissen, was die Flashers in Andromeda so treiben und warum Andro - Alpha so energiegeladen ist."

El legte seinen Arm um Mahagül.

„Ist das nicht ein fantastischer Ausblick?"

Sie lächelte ihn nur kurz an, sah dann wieder auf den Bildschirm. Eine Blase wurde rasch größer. Bald nahm sie den ganzen Bildschirm ein. „Wir befinden uns im Anflug auf Andromeda", kommentierte Hendrix.

„In einer Woche sind wir da!"

7

Die Raumflotte begann, Andro - Beta zu passieren. Plötzlich gaben die Raumorter das Signal für ungewöhnliche Messergebnisse. Chris und Hendrix studierten die Anzeigen und sahen sich verblüfft an.

„Andro - Alpha ist verschwunden!" sagte Hendrix mehr zu sich selbst.

„Das muss ein Fehler der Sensoren sein!" entgegnete Chris. „Eine Galaxie, auch wenn es sich nur um eine Zwerggalaxie handelt, kann unmöglich so einfach verschwinden!"

„Wieso unmöglich?" fragte Hendrix.

„Für wen unmöglich? Für uns sicherlich, aber vielleicht nicht für andere Intelligenzen!"

„Du glaubst nicht ernsthaft, dass eine Technik, wie auch immer die geartet sein soll, eine Galaxie verschwinden lassen kann!" zweifelte Chris.

„Und welchen Sinn sollte das geben?"

Sie überprüften die Instrumente, wiederholten alle Messungen. Ihr Team für die Raumortung und Navigation berechnete alle Daten erneut. Andro - Alpha war bei der ersten Erkundung beim Testflug der Terra 1 durch eine ungewöhnlich hohe Energiedichte aufgefallen. Doch das war vor 30 Jahren! Was war seitdem passiert? Antworten fehlten. Spekulationen führten nicht weiter.

„Wir werden jetzt den Planeten der Flashers suchen und dort landen. Wir gehen also weiter nach Plan vor," sagte Chris nachdenklich.

Während die 1000 Kugelschiffe ihre Reise mit mehrfacher Lichtgeschwindigkeit fortsetzten, scannten die Orter die Zwerggalaxie Andro - Beta genau. Es gab keine Auffälligkeiten. Chris schlug vor, kurz in die Hauptgalaxie Andromeda zu springen, um nicht noch Wochen Zeit zu verlieren.

„Das Risiko der Zeitverschiebungen ist bei einem so kurzen Raumsprung relativ gering!" sagte Hendrix. „Ich denke, wir können es wagen!"

Die Flotte erreichte ein Planetensystem am Rande Andromedas. Ähnlich wie in der Milchstraße gab es wahrscheinlich auch nur in den Randgebieten dieser Galaxie bewohnbare Planeten mit erträglichen Strahlenwerten.

Nach 5 Tagen schlugen die Bio - Orter an. In einem Sonnensystem ganz ähnlich dem Sol - System befand sich der vierte Planet in der Biosphäre. Er hatte annähernd Erdgröße und eine Atmosphäre mit Stickstoff und Sauerstoffanteilen. Chris rief die Blackies in die Zentrale. Re - Pal und Ra - Tul sahen sich die Daten an.

„Schon möglich, dass das die Welt der Flashers ist," sagte Re - Pal.

„Wir sind gespannt auf die Lage dort!"

Die Terra 999 hielt sich am Ende der Flotte auf, die Terra 1000 landete 5 Raumgleiter auf dem Planeten. Sie fanden einen öden, fast unbewohnten Planeten vor. Sie entdeckten Zeichen einer Zivilisation, Zeichen von hochentwickelter Technik, sie hatten sogar Kontakt zu diesen Flashers. Es hielten sich aber nur wenige tausend Individuen in einer Siedlung nahe eines Meeres auf.

Sie wirkten irgendwie verlassen und mutlos, antriebs- und interessenlos. Diese Wesen sollten eine Gefahr für die Menschheit darstellen? Re - Pal sah Chris an. Mai - Lin empfing Gefühle der Ratlosigkeit, der Überraschung.

Von den Flashers konnte Mai - Lin keine Signale empfangen. Wahrscheinlich sendeten diese fremden Intelligenzen auf einer völlig anderen Frequenz oder überhaupt nicht. Sie sah Chris an.

„Ich denke, wir können auf unser Schiff zurück. Hier finden wir wohl kaum, was wir suchen!"

Sie empfing Zustimmung. Die Flashers nahmen keine Notiz von ihnen. Hendrix hielt inne.

„Das ist mir alles ein wenig zu offensichtlich!" sinnierte er laut.

„Wir sollten hier doch noch ein wenig recherchieren! Vielleicht können wir mit den Flashers kommunizieren, oder aus den vorhandenen Speichern Antworten herauslesen.

Es muss hier doch etwas passiert sein in den letzten Jahrhunderten, was die Flashers total verändert hat. Und es muss noch einen anderen Planeten oder sogar mehrere

Welten geben, auf denen diese Spezies lebt. Dies kann definitiv nicht die Heimatwelt einer Art sein, von der solche Invasionen ausgeht."

Mai - Lin und die kleine Gruppe von Menschen und Blackies betraten daraufhin ein Gebäude. Einige Flashers standen im Raum herum. Kaum zeigten sie eine Regung oder Reaktion.

Ra - Tul sprach in ein Translatophon. Die Blackies hatten die Sprache der Flashers schon vor Jahrtausenden analysiert und gespeichert.

„Wir kommen friedlich und möchten gerne mit Ihnen sprechen!" sprach Ra - Tul einen Flasher an.

Endlich bemerkten sie eine Veränderung bei diesem Wesen. Es drehte seinen stämmigen Körper, der keinen Hals zu haben schien, zu ihnen herum. Es waren keine Augen zu erkennen, kein Mund, keine Nase oder Ohren.

Ein Körper, etwa 2,50 Meter groß, massig, konturlos. Unten hatte er zahlreiche kleine Stummel, mit denen er sich fortbewegte und seinen Körper drehen konnte. In der oberen Hälfte befanden sich vier tentakelartige Arme, die sich am Ende in zahlreiche kleine Fortsätze öffneten. Das waren wohl die Hände bzw. Greiforgane.

Irgendwie erinnerte die Gestalt an einen Baumstumpf mit Ästen und deren Verästelungen am Ende. Hier könnte es sich tatsächlich um eine Art Pflanzenwesen handeln, daher auch die völlig unterschiedliche Art und Weise, die Welten zu erleben und zu erkennen.

Auch könnte hierin die Erklärung für die sehr stark vernetzte Handlungsweise der Flashers liegen. Sie schienen stets im Verbund zu agieren, nie waren Individuen unter Ihnen in Erscheinung getreten. Überhaupt kommunizierten sie nicht mit anderen Intelligenzen, nicht mit den Blackies und den vielen anderen Zivilisationen, die sie schon vernichtet und deren Technik sie assimiliert hatten.

Es öffnete sich ein senkrechter Spalt in der Körpermitte. Krächzende und klickende Geräusche waren zu hören.

Chris erinnerten diese Geräusche irgendwie an Wale. Aus dem Translatophon war zu hören:

„Wir haben kein Interesse an Kontakten mit euch!"

„Verlasst unseren Planeten!"

Ra - Tul und Re - Pal sahen die anderen an.

„Wurde Ihr Planet von einer anderen Intelligenz angegriffen? Wo sind alle Flashers, die es hier einmal gegeben hat?" fragte er.

„Wer will das wissen?" erntete er als Gegenfrage.

„Wir sind eine Abordnung der Brachtvlechlevv und der Terraner aus der Milchstrasse. Wir wollen mit den Flashers in Frieden leben und verhindern, dass diese wieder in die Milchstraße einfallen und dort andere Zivilisationen angreifen!"

Der Flasher schien zu überlegen.

„Niemand von unserer Art wird irgendwohin reisen! Das ist zu lange her, jetzt nicht mehr möglich! Man hat uns aller Zukunft beraubt, alle Hoffnung gestohlen, die Technik entwendet und unseren Planeten verwüstet. Hier gibt es nichts mehr. Für niemanden. Nicht einmal für uns!"

Chris und Mai - Lin sahen die Blackies an. Trauriger und hoffnungsloser konnten sie sich kein Volk vorstellen.

„Wer hat Ihnen dies angetan?" beharrte Ra - Tul.

„Das waren Wesen von ihrem Volk!" Er hatte unzweifelhaft Ra - Tul und Re - Pal gemeint.

„Genauso haben sie ausgesehen! Und jetzt verlassen Sie unseren Planeten!"

Der Flasher drehte seinen massigen, baumstammartigen Körper herum und wandelte davon. Mit ihm drei andere Flashers, die sich ebenfalls im Raum befunden hatten.

Mai - Lin wirkte bedrückt. Ra - Tul und Re - Pal waren unsicher. Wie konnte das sein? Blackies in Andromeda? Warum wussten sie nichts davon? Was war vor langer Zeit hier passiert?

Rachel und Lotta hatten sich zusammen mit El - Tel und Mi -Rul in der Zentrale der Terra 999 eingefunden. Sie hörten den Bericht von Chris und seinem Team. El - Tel war unzufrieden, denn er war sich sicher, die Gedanken der Flashers erkannt haben zu können. „Sie hätten einen von uns mitnehmen müssen!" ärgerte er sich. „So sind wir jetzt auf die spärlichen Ergebnisse der Befragung angewiesen!"

„Wir müssen versuchen, zu den Blackies Kontakt aufzunehmen, die sich angeblich in Andromeda aufhalten!" forderte Mi - Rul. Das Hologramm von Re - Pal erschien auf der Konsole im Raum.

„Wir haben schon begonnen, auf den uns bekannten Frequenzen zu senden, allerdings noch ohne Erfolg!" sagte er. „Die Versuche werden intensiv fortgesetzt."

„Bleibt noch die Frage, wo Andro - Alpha geblieben ist!" entgegnete El - Tel.

„Waren das vielleicht auch die Andromeda - Blackies?" mutmaßte er.

„Wir wissen es noch nicht, aber sollte das Verschwinden auf eine Manipulation mit einer neuartigen Technik zurückzuführen sein, müssen wir auf alles gefasst sein," antwortete Re -Pal.

„Wir haben an die Raumschiffe entsprechende Informationen gegeben, uns bei den Antworten zu unterstützen. Es wird auf allen Ebenen analysiert, unsere Quantenrechner laufen parallel und tauschen die Ergebnisse in Echtzeit aus. Mehr können wir im Augenblick nicht machen."

El und Mahagül erschienen jetzt zusammen auf der Konsole.

„Wir haben da eine Theorie entwickelt, die vielleicht überprüft werden kann," begann El.

„ Mahagül und ich halten es für möglich, dass Andro - Alpha „Opfer" eines Zeit- Experiments geworden sein kann. Die unglaublich große Energie, die seit geraumer Zeit aus dieser Zwerg- Galaxie gekommen war und das plötzliche Verschwinden ohne jegliches Energie- Echo oder messbare Veränderungen des Raum-Zeit-Gefüges in dem Sektor, in dem Andro - Alpha existiert hat, lassen im Grunde kaum eine andere Deutung zu.

Mahagül hat ein unbestimmtes Gefühl, dass die Blackies hier mit einer kosmischen Zeitmaschine experimentieren."

El - Tel und Mi - Rul nickten stumm. Diese Geste hatten sie von den Menschen übernommen.

„Wir werden in dieser Richtung ermitteln!" entgegnete Mi - Rul. „Ich hoffe nur, dass Mahagül nicht Recht behält. Wenn unsere Raumschiffe in so ein Zeit- Transmitterfeld geraten sollten, können wir unsere Mission vergessen. Dagegen helfen weder Schutzschirme noch Waffen."

Das Hologramm wurde deaktiviert.

Plötzlich geschah etwas außerordentlich Seltsames: Mi -Rul und El - Tel fühlten eine bleierne Müdigkeit in sich aufsteigen. Noch ehe sie sich setzen konnten, fielen sie einfach um und blieben auf dem Boden der Zentrale liegen.

Rachel und Lotta hatten sich gerade eine warme Mahlzeit aus dem Bio- Reaktor geholt und saßen an einem Tisch, fertig, um zu essen.

Ihre Köpfe sanken langsam in Richtung Tisch und konnten sich keinen Augenblick gegen die Müdigkeit wehren. Nach wenigen Sekunden schliefen sie auch tief und fest.

Gleiches geschah gleichzeitig auf allen 1000 Schiffen der terranischen Raumflotte. Auf jedem der Schiffe schliefen die 2.500 Menschen und Blackies einfach ein.

Natürlich auch auf der Terra 328. Nur schliefen in diesem Raumschiff seltsamerweise nicht alle Besatzungsmitglieder ein.

Drei Frauen und zwei Männer, die zur technischen Crew der oberen Hemisphäre des Schiffes gehörten, blieben wach und konnten alles ganz genau auf den Holographen beobachten.

Sie aktivierten wegen der fehlenden Besatzung sofort die Androiden und schalteten auf computergesteuerte Automatikfunktionen um.

Ihre Versuche, andere Einheiten zu kontaktieren, schlugen fehl.

„Es scheint auf keinem unserer Schiffe jemanden zu geben, der uns antworten kann," murmelte Petra McSidney, eine der technischen Mitarbeiterinnen der Zentrale.

„Die scheinen überall diese Schlafkrankheit zu haben!"

„Sieht ganz so aus!" antwortete Sandra Meier, eine Navigatorin. Neben ihnen standen Karl-Heinz Petersen, Bioreaktoriker, Paula Anderson, Kommunikationstechnikerin und Jimmy Funsdag, der 2,15 Meter große, jungenhafte Mann, ebenfalls Kommunikator.

Paula und Jimmy konnten sich außerordentlich gut leiden und hatten einen begnadeten Humor.

Alle 5 staunten über die Vorgänge und waren ratlos. Sie sahen Bilder der anderen Raumschiffe, aber alles war ruhig.

Plötzlich begannen die Konturen sämtlicher Schiffe zu zittern, zu verschwimmen, zu verblassen und verschwanden darauf ganz.

„Alle weg!" staunte Jimmy.

„Gibt's doch nicht!" raunte Paula."

Sind die Geräte in Ordnung?" fragte Petra in die Runde.

„Keine Fehler zu sehen!" gab Sandra zurück.

„Die sind alle weg!"

„Energetische Echos, Gravitationswellen, magnetische Turbolenzen?" fragte Jimmy.

„Irgendetwas muss doch da verändert sein!"

„Ich kann absolut nichts erkennen", sagte Paula.

„Ich habe auch die typischen Raum-Zeit- Turbolenzen bei Zeitverschiebungen gecheckt. Nichts, absolut nichts!"

„OK, soweit, so schlecht!" meinte Jimmy, aber jetzt müssen wir uns erstmal auf diese Walzenschiffe konzentrieren!"

„Wie, Walzen? Wo?" fragte Paula. Eine starke Erschütterung erfasste ihr Schiff.

„Da klopft jemand an!" scherzte Jimmy.

„Unser Schutzschirm hat den Treffer abgewehrt!" berichtete Petra McSidney.

„Wie Angriff?" staunte Jimmy.

„Das Walzenschiff hat uns gerammt! Die haben den Schutzschirm einfach durchflogen und unser schönes neues Schiff gerammt!" sagte Petra.

„Gibt's doch nicht!" äffte Jimmy. Auf dem Hologamm erschienen plötzlich 23 Walzenraumer.

„Jetzt wird's lustig!" sagte Karl-Heinz Petersen.

Aber es wurde nicht lustig.

Alle Walzenschiffe eröffneten gleichzeitig das Feuer.

„Sofort das Feuer erwidern!" Petra gab entsprechende Befehle ein und kurz darauf verschwanden alle Walzenschiffe in der 6. Dimension. Dort trieben sie jetzt für alle Ewigkeiten als ein Haufen Schrott herum.

„Die erste Angriffswelle scheint abgewehrt zu sein!" sagte Petra langsam und nachdenklich.

„Was machen wir jetzt?"

„Wir landen auf dem 4. Planeten dieses Systems und stellen die Flashers mal zur Rede!" schlug Jimmy vor.

„Sandra, nun mal los!"

Doch bevor sie das Schiff in Richtung Planeten in Bewegung setzte, tauchten irre viele Walzenraumer wie aus dem Nichts auf. Und diese Walzen waren ein anderes Kaliber als die Vorhut von eben. Cirka tausend Meter lang und 250 Meter Durchmesser erschienen schon beeindruckender.

„Ich glaube, jetzt sind wir am Arsch!" presste Jimmy hervor.

„Feuer frei und nichts wie in das Beiboot!"

Petra gab die Befehle ein und alle 5 liefen zum Antigravschacht.

Die Walzen eröffneten das Feuer, die Terra 328 feuerte zurück. Die Raumschlacht dauerte allerdings nur einige Minuten. Nachdem ca. 100 Walzenschiffe vernichtet waren, brach der Schutzschirm ihres Schiffes zusammen und die Terra 328 explodierte.

10

Als El Dorado erwachte, diskutierten Hendrix und die Blackies bereits lebhaft miteinander. Chris hielt sich zurück und ging seinen eigenen Gedanken nach. Das machte alles überhaupt keinen Sinn. Er rief Mai - Lin zu sich. „Ich glaube, mit unseren bisherigen Modellen lassen sich die Ereignisse nicht erklären", eröffnete er ihr. „Wo sind wir? Warum wurde unsere gesamte Flotte von diesem Ereignis erfasst"? Mai - Lin horchte in sich hinein. „Warte mal, ich empfange Daten von unserer Zentrale. Es fehlt eines unserer Schiffe, die Terra 328. Was das zu bedeuten hat, kann anscheinend noch niemand sagen!" „Also dann wurden 999 Schiffe hierher versetzt!" stellte Chris fest. „Wohin?" wiederholte er seine Frage, die er mehr an sich selbst stellte. Hendrix kam zu ihnen. „Ein Zeitexperiment kann ausgeschlossen werden" berichtete er. „Wir empfangen überhaupt keine Signale von irgendwas! Wir sind im Nirgendwo!" „Also doch ein Transmitter - Experiment?" Wo - Dan, der alte Freund von El, kam jetzt dazu. „Die Blackies sind hier raus!" behauptete er. „So eine Technik können wir in den vergangenen Jahrzehnten seit unserer Abreise unmöglich entwickelt haben. Die Flashers sind ebenfalls raus, würde ich sagen. Also denke ich an eine Zivilisation aus Andromeda oder sonst woher." „Ist sicher möglich," antwortete Mi - Rul, die junge Blackie - Frau. „Doch was bringt uns diese Idee? Ist doch eigentlich egal, wer dahintersteckt. Wir müssen zusehen, unsere Lage zu bestimmen und herausfinden, welche Handlungsoptionen wir überhaupt haben!"

El - Tel guckte sie an. „Du bist ja mal wieder furchtbar klug! Hast du denn eine Idee?" Die Hologramme der beiden, die sich ja auf der Terra 999 befanden, standen im Raum und blickten in die Runde. Lotta und Rachel standen daneben. Ratlosigkeit. „Sind alle Menschen auf den anderen Schiffen inzwischen wieder aufgewacht?" fragte Chris jetzt Mai - Lin. „Die Meldungen sind widersprüchlich!" entgegnete jetzt Mi - Rul. „Anscheinend nutzen viele die Lage aus und stellen sich schlafend, um nichts tun zu müssen!" „Ist ja unglaublich!" raunte El - Tel. „was für eine interessante Art, diese Menschen. Sie überraschen mich immer wieder!" „Also los, alle aufwecken!" rief Chris. „aktiviert die Alarmsignale für Angriff!" Chris sendete einen Rundruf an alle Einheiten.

„Ich hoffe, ihr seid wieder hellwach und bereit, um an der Lösung unserer Lage mitzuarbeiten! Wir sind für alle Ideen offen, wenn sie auch noch so abwegig klingen. Wir müssen die Sache völlig neu denken!"

In die allgemeine Erheiterung platzte plötzlich ein Hologramm der Raumüberwachung. Eine gigantische Sonne mit 18 Planeten erschien im Raum. „Ich nehme mal an, wir haben gerade eben unsere Reise durch Raum und Zeit oder durch sonst was beendet!" sagte Hendrix. „Diese Sonne ist ja größer als alles, was wir bisher registrieren konnten. Das sind ca. 100.000 Sonnenmassen unserer Heimatsonne. Das ist ganz unmöglich. Diese Sonne erreicht viel mehr als die kritische Masse eines schwarzen Loches!" referierte Hendrix. „Wir müssen uns in einem anderen Raum-Zeit- Gefüge befinden. Hier ist keine Galaxis weit und breit zu orten." Eine holografische Person erschien im Raum. „Ich bin Kommandant der Terra

801. Mein Name ist Carlo - Carla Du Mont, Astrophysiker und Sensoriker. Ich habe mal alle verfügbaren Daten in einen von mir entwickelten Algorithmus eingegeben. Darin eingepflegt habe ich spekulative Theorien aller vergangenen Jahrzehnte und ich habe eine Idee, wo wir uns befinden." Der Mensch, eine non- binäre Person, die nicht eindeutig als Mann oder Frau erschien, machte eine Pause. „Was denn nun?" fragte Hendrix. „Ist das ein Ratespiel oder wollen Sie uns etwas sagen?" Carlo-Carla lächelte geheimnisvoll. Die weißen Haare waren in der Schädelmitte geteilt, eine Seite kurz geschoren, die andere Seite hing gewellt bis zur Schulter herab. „Unsere gesamte Flotte befindet sich auf der anderen Seite der Materie!" Die Menschen und Blackies waren überrascht, geradezu ergriffen von dieser Idee. „Sie denken, wir sind durch ein schwarzes Loch in ein Paralleluniversum geschleudert worden?" „In eine Art Antimaterie- Schöpfung?" „ Ja" bestätigte Carlo - Carla. Stille. Jeder hing seinen wilden Gedanken nach. „Das würde einiges erklären," sinnierte Hendrix. „Halten Sie es für möglich, dass dies von einer fremden Intelligenz verursacht worden ist?" „Schwer zu sagen, wir sind da nie wirklich weitergekommen mit unserer Forschung. Die Rätsel der schwarzen Löcher mit ihren widersprüchlichen Eigenschaften ließen sich bisher nicht plausibel erklären. Eine Erklärung war eben die, dass es sich bei diesen kosmischen Löchern tatsächlich um Löcher, genauer gesagt, um Verbindungen, Tunnel, was auch immer, zu einem Paralleluniversum handeln könnte. In dem die physikalischen Gesetze umgekehrt gelten. Daher auch die Existenz dieser Riesensonne. Die kritischen Massen gelten hier eben nicht wie bei uns. Ganz im Gegenteil: diese Sonne zieht ihre Planeten nicht an, sondern hält sie auf Distanz! Gravitation wird hier umgekehrt! Es ist eine völlig andere Idee der Schöpfung!"

„Lassen Sie uns gemeinsam die Planeten erkunden!" schlug Chris jetzt vor. „Halten Sie eine Landung oder überhaupt einen Kontakt zu dieser Anti-Materie für uns für machbar?" „Wir müssen sicher zunächst alle Daten auswerten, bevor wir es wagen, hier etwas zu berühren oder zu erforschen," entgegnete Carlo- Carla ihm. „Ich würde äußerste Vorsicht walten lassen! Schicken Sie doch zunächst einige Sonden da raus!"

„Gute Idee!" sagte Chris. „So machen wir das!" Kurz darauf verließen 18 Sonden die Terra 1000 und 18 weitere die Terra 801. Die Menschen und Blackies waren aufs Äußerste gespannt.

11

Die Terra 328 stand kurz vor der Explosion, als die 5 Besatzungsmitglieder in ihrem Shuttle, der Mini-T-328, das Außenschott passierten und mit hoher Geschwindigkeit ins All katapultiert wurden. Keine Sekunde zu früh, denn sie konnten gerade noch dem Explosionsdruck entkommen, der auch das Beiboot zerstört hätte. Das kleine Raumschiff, ebenfalls ein Kugelraumer mit nur 100 Metern Durchmesser, schoss auf den Planeten zu. Es durchbrach die Atmosphäre und Sandra Meier landete es sanft in einer wüstenartigen Ebene. Petra McSidney sah verwundert auf ihre Teamkollegin. „Wer hat dir eigentlich gesagt, dass wir hier landen wollen?" „Was wolltest du denn sonst hier machen?" fragte sie mit leichtem Stirnrunzeln. „Erst mal um den Planeten fliegen, um ein besseres Ziel abzugeben?" „O.K., überzeugt!" lenkte Petra ein. Nach Lage der Dinge war sie jetzt die Kommandantin dieser Crew, allerdings war das auch so ziemlich das Letzte, worüber sie sich Gedanken machte. „Mit dieser Kugel können wir auf keinen Fall hier herumfliegen!" meldete sich jetzt Jimmy Funsdag zu Wort. „Schlage vor, wir nehmen den Diskus und fliegen kurz über dem Boden und sehen uns mal um!" „Ausnahmsweise mal was Sinnvolles von da oben, " sagte Paula Anderson und guckte zu ihm auf. „Was meinst du?" fragte sie, zu Petra McSidney gewandt. „Machen wir! Nichts wie rein in die „Funny Plate". Zu Karl-Heinz Petersen sagte sie kurz: „Kuddel, packe genügend Proviant ein, damit wir unterwegs was zu Essen und zu Trinken haben!" Karl-Heinz Petersen verzog ärgerlich sein Gesicht. Dieses uralte „Kuddel" konnte er auf den Tod nicht ausstehen. Immer mussten sie ihn damit ärgern. Widerwillig setzte er sich in Bewegung. Das Team begab sich in den Diskus und Funsdag bediente sofort alle Funk- und Ortungsoberflächen der Bildschirme. „Übereifrig wie immer!" schmunzelte Paula. „Irgendjemand muss hier ja was Sinnvolles tun!" gab er zurück. Beide sahen sich an. „Warum weichst du meinem Blick aus?" fragte Funsdag. „Wenn ich dich ansehe, bekomme ich immer einen steifen Hals!" gab Paula zurück. „Außerdem habe ich nichts von deinem Anblick, außer neuen Stoff für den nächsten Alptraum!" „Sehr witzig!" gab Funsdag zurück, wandte sich um und wollte die kleine Kommandozentrale verlassen, drehte sich vorher aber unvorsichtigerweise noch einmal kurz grinsend um, um dann im Weitergehen mit dem Kopf gegen einen Türrahmen zu stoßen. Paula konnte sich ein Lachen nicht verkneifen, Funsdag ging ärgerlich weiter und setzte sich nebenan an die Materieortungssysteme. „Ihr müsst euch ständig anmachen, oder?" fragte Petra ihre Funkerin. „Der braucht das, sonst wird er größenwahnsinnig!" gab Paula lächelnd zurück. „In echt mögen wir uns, glaube ich!"

Sandra Meier startete den Diskus und sie schwebten dicht über der Oberfläche in Richtung einer größeren Energieortung. „Unser Ziel ist übrigens die Zeitmaschine der Fremden!" sagte Petra jetzt. „Wie schön, dass du das auch mal erwähnst!" entgegnete Paula. „Schon gut, wenn man weiß, wonach man suchen muss!" „War mir sowieso klar" kam es aus dem Nebenraum, „ich habe ein Energieecho der besonderen Art ermittelt." Funsdags Stimme klang stolz. „Angeber!" gab Paula nur zurück. „Und es kommt ziemlich schnell auf uns zu! „ ergänzte Jimmy gerade noch, bevor die Funny Plate kräftig durchgerüttelt wurde. „Wer sitzt denn da wieder am Steuer?" hörte Paula nur noch, dann wirbelte der Diskus wild durch die Atmosphäre, drehte sich um sich selbst und sank dann ruckartig auf den Boden. Ein paar überhitzte Leitungen rochen ziemlich übel, die Lüftung beseitigte den Qualm schnell. Einige Instrumente waren ausgefallen. Es war dunkel im Diskus. „Ich empfange schwache Funksignale!" sagte Paula plötzlich. Der Diskus hob wie von Geisterhand gesteuert ab und schwebte mit hoher Geschwindigkeit über die Landschaft. „Wer fliegt uns?" fragte Petra mehr sich selbst. „Ich habe keine Kontrolle, „ entgegnete Sandra. „ Weiß der Teufel, was hier vor sich geht!" „Alle in die Schutzanzüge, sofort!" rief Petra den anderen zu. „Wir müssen auf alles gefasst sein! Hier sind eindeutig stärkere Kräfte am Wirken als wir widerstehen können." Jetzt hatte sie Sichtkontakt zu einer großen Stadt, die unter einem Schutzschirm zu liegen schien. Unbeirrt flog die Funny Plate auf diesen Energieschirm zu. „Kein Strukturriss zu erkennen!" bemerkte Petersen nachdenklich. „Die werden uns doch wohl nicht an diesem Schirm krepieren lassen!?" zweifelte er. Aber kurz vor der Berührung des Schiffes mit der Energieglocke wurde diese geöffnet und der Diskus passierte die Linie. Sie wurden auf einem riesigen Raumhafen gelandet. Keine Spur von irgendwelchen Lebewesen.

Plötzlich hörten alle den Befehl, abzuwarten und nichts zu unternehmen, bis etwas passierte. „Habt ihr das auch gehört?!" fragte Petra. „Ja, seltsam, meinte Paula, unsere Funkgeräte sind deaktiviert. Wie können die mit uns kommunizieren?" „Und woher kennen die überhaupt unsere Sprache?" fragte jetzt Petersen. Keiner hatte darauf eine Antwort. „Ich glaube zu fühlen, dass die Stimme in meinem Kopf gewesen ist" sagte jetzt Sandra. „Die kam nicht von außen!" „Telepathie?" fragte Petra. „Möglich, sogar wahrscheinlich!" sagte Paula. „Es wird immer spannender!" „Das Spannendste ist ja, dass wir bis jetzt überlebt haben!" meinte Funsdag. „Die scheinen etwas mit uns vorzuhaben!" „Hoffentlich!" sagte Paula. „Ich würde gerne noch ein wenig länger leben!" „Warum?" fragte

Funsdag zurück. „Um dich weiterhin beschützen zu können!" beide lachten kurz auf. Galgenhumor war jetzt auch das Beste, was sie haben konnten. Petra war in Gedanken versunken. Die Flashers hatten ihr Schiff mit 2.500 Menschen einfach angegriffen und zerstört. Die Wesen, mit denen sie es jetzt zu tun hatten, mussten anders sein. Wären wieder die Flashers am Zuge, hätten sie uns sicher auch sofort vernichtet. Aber sie lebten noch. Gab es auf diesem Planeten zwei konkurrierende Arten? Wie die Intelligenz wohl aussah, der sie hier begegnet waren? Vielleicht sogar Wesen, die nur noch auf geistiger Ebene unterwegs waren, sozusagen körperlos. Alles war möglich. „Vielleicht sind die Fremden ja nur noch riesige Gehirne oder Geisteswesen, die uns hier kontaktiert haben?" fragte plötzlich Jimmy in den Raum. Konnte er ihre Gedanken erraten haben? „Sie könnten aber auch human aussehen!" mutmaßte Petersen. „Warum denn immer gleich irgendwelche Monsterfantasien?" „Ich habe nicht von Monstern gesprochen, sondern von sehr hoch entwickelten Intelligenzen, die sich von ihren Körpern losgelöst haben und nur noch in Form von geistiger Energie existieren!" sagte Jimmy leicht verärgert. Karl-Heinz machte eine wegwerfende Bewegung. „Du liest eindeutig zu viele Sience – Fiction - Romane!" meinte er nur. Die fünf Menschen konnten nur vage Vermutungen anstellen. Aber sie ahnten nicht im Geringsten, wem sie hier wirklich begegnet waren!

12

Die Daten, die von den 36 Sonden zurückkamen, waren leider nicht sehr informativ. Sie waren sogar überhaupt nicht informativ. Die Späher umrundeten alle Planeten mehrmals und kamen dann zurück. Unbeschadet, aber eben auch ohne jedes Ergebnis. Weder Ortungen, Bilder der Oberfläche, Strahlenwerte, einfach nichts. Die genaueren Auswertungen aller Daten ergaben dann aber doch Erkenntnisse. Hendrix entdeckte die minimalen Abweichungen bei den Gravitationswellen zuerst. „Diese Gravitationswellen im gesamten Planetensystem zeigen ein sehr ungewöhnliches Bild" sagte er zu Chris. „Sie verlaufen nicht linear, sondern ändern sich geringfügig und anscheinend ohne Grund. Jedenfalls ohne für uns erkennbaren Grund oder erkennbare Ursachen." „Du meinst, es könnte jemand diese Gravitationswellen beeinflussen oder stören?" fragte Chris. „Möglich, alles ist hier anscheinend möglich!" „Der sechste Planet ist etwas größer als unsere Erde und besitzt eine Art Atmosphäre, wie auf den Bildern zu vermuten ist. Daten davon haben wir allerdings keine." „Ich sehe keine andere Möglichkeit als dort zu landen, wenn wir hier irgendetwas herausfinden wollen!" schlug er vor. Keiner sagte etwas. Die Worte schwebten wie eine Bedrohung im Raum. Mai - Lin empfing starke Emotionen der Mannschaft im Schiff. Die Situation war belastend. Nichts schien sicher, sie waren ausgeliefert. Sonst wo. Sonst wem. Warum auch immer. Es ergab nichts einen Sinn. Chris brach das Schweigen. „Wir landen!" sagte er knapp. Die Terra 801 mit Carlo - Carla bleibt hier und in Kontakt mit uns. „Ihr könnt doch nicht mit diesem Riesenschiff landen!" gab er zu bedenken. „Dafür ist es überhaupt nicht ausgelegt!" Carlo-Carla schüttelte mit dem Kopf. „Warum wollt ihr 2500 Menschen gefährden? Nehmt doch eines der Landungskugeln!"

Chris dachte einen Moment lang nach. „Stimmt!" bemerkte er nur kurz. „Also, wer kommt mit runter?" Lotta sagte jetzt:" Ich komme mit, und Mi - Rul muss auch mit! Sie ist die beste Bio - Orterin der Mannschaft und wir werden Intelligenzen aufspüren, wenn es welche hier geben sollte! Ich unterstütze sie dabei, weil ich als Bio - Reaktorikerin sehr viel über die Reaktionen von Materie auf Energie weiß." Chris verzog sein Gesicht. „Und ich komme ebenfalls mit!" verlangte jetzt Carlo - Carla. „Und ein Veteran sollte ebenfalls dabei sein!" schlug Re - Pal vor. Der alte Blackie war für die Verhältnisse seiner Art im

119

mittleren Alter und verfügte über sehr viel Erfahrung mit Raum- Zeit- Phänomenen. „O.K., dann wäre unser Team zusammen!" bestätigte Chris nur kurz. Dass seine Tochter unbedingt mit wollte, gefiel ihm nicht, aber sie hatte Recht. Ihre Begleitung war sinnvoll auf dieser Mission.

Nachdem die anderen aus der Terra 801 und der Terra 999 eingetroffen waren, bestiegen Sie zusammen das Beiboot der Terra 1000. Es tauchte in die Atmosphäre des Planeten ein. Eine starke Erschütterung ging durch das Schiff. Es wurde aufgehalten, gebremst. Keine Anzeichen von Energie, Schutzschirmen, Waffensystemen, Angriffen. Chris erhöhte den Schub. Vorsichtig, abwartend. Plötzlich wieder ein starker Ruck, den die Antigrafen kaum abfedern konnten. Sie mussten sich gegenseitig stützen, festhalten. Dann ein starker Schub, das 100 Meter Schiff machte einen Satz in Richtung Oberfläche. Chris konnte gerade noch den Aufprall auf die Planetenoberfläche verhindern und die Kugel schwebte nur einige hundert Meter über dem Boden. „Wir haben anscheinend eine Art Schutzschirm durchbrochen", mutmaßte Chris. „Ich habe aber keine Energiefelder gemessen", widersprach Hendrix. Er verfolgte in der Zentrale die Mission und überwachte die Funktionen des Beibootes. „Wenn Carlo - Carla mit seiner Vermutung richtig liegt, stößt auch dieser Planet alle Arten von Materie ab und lässt daher nichts auf die Oberfläche. Daher dieser Widerstand!" vermutete Mai - Lin. „Es sind eben auch andere Schutzschirm- Energien denkbar". Sie stand neben Hendrix und versuchte, mentalen Kontakt zu den 5 im Beiboot zu halten. „Ich habe schwache Gedankenimpulse registriert." „Gedanken als Schutzschirm?" zweifelte Hendrix. „Wer weiß das schon?" Mai - Lin wirkte sehr nachdenklich. Wie zur Bestätigung ihrer Worte bewegte sich das Schiff plötzlich wieder und schwebte mit wachsender Geschwindigkeit über die Landschaft. „Ich habe nichts gemacht!" sagte Chris fast entschuldigend. „Das Schiff wird bewegt, wie auch immer!" „Bei der Masse unseres Schiffes müssen das ja

gigantische Kräfte sein!" meinte Chris. „Na ja, die haben uns ja auch aus unserer Galaxis katapultiert, da ist so was wahrscheinlich eher eine leichte Übung für „die",
sagte Mai - Lin. Chris und Lotta sahen sich an. Beide hatten auf dem Holographen einen gigantischen Raumhafen entdeckt, auf den das Beiboot der Terra 1000 zuschwebte. Es war kein einziges Raumschiff zu sehen, keine Bewegungen. Alles schien verlassen, machte aber keinen verlassenen Eindruck. Ein Widerspruch? Sie konnten ihren Gedanken nicht weiter nachgehen, denn wieder schlief die gesamte Besatzung des Raumschiffes sanft ein. Was dann mit Ihnen geschah, lässt sich nur vermuten. Sie waren in Kontakt mit einer uralten Zivilisation geraten, die auf der höchsten Existenzstufe stand, die eine intelligente Zivilisation erreichen konnte!

13

Petra McSidney und die kleine Crew entspannten sich. Was sollten sie auch anderes machen? Minute um Minute verstrich, an eine Stunde des Wartens schloss sich die nächste an. Fast wären sie alle eingenickt, wenn nicht nach 5 Stunden endlich etwas geschehen wäre. Die Menschen waren einer Überraschung ausgesetzt, die selbst die Blackies in ungläubiges Staunen versetzt hätte: Mitten im Raum erschien wie aus dem Nichts ein ca. 2,40 Meter großer Blackie! Funsdag war der erste, der sich sammeln konnte. Er stieß Paula an. „Sieh dir das an!" „Das gibt`s doch nicht! Wo kommen denn hier Blackies her?" „ Durch transmittale Teleportation natürlich, wie sonst?" antwortete der Blackie in bestem terranisch. „Wieso nennen sie mich Blackie? Ist das eine Anspielung auf meine Pigmentierung?" „Wir kommen aus der Milchstraße und haben Kontakt mit Leuten Ihrer Zivilisation. Die nannten sich „Brachtvlechlevv", aber das kann ja kein Mensch aussprechen. Daher nennen wir sie einfach „Blackies", und ja, ist auch wegen ihrer Farbe" antwortete Petra. „Brachtvlechlevv" war der Name unserer Vorfahren vor vielen tausend Jahren!" sagte der Blackie. „Wir nennen uns jetzt „Mundaner". Wir sind aus der Milchstraße hierher gezogen, um die Flashers endgültig zu besiegen und diese ewig wiederkehrenden Invasionen in die Milchstraße zu unterbinden. Es hat sich dann so ergeben, dass wir hier auf dem Heimatplaneten der Flashers unsere neue Heimat gefunden haben und eine neue Zivilisation gründen konnten. Diese Flashers erwiesen sich als wesentlich weniger wehrhaft als vermutet. Nach einem heftigen, aber sehr kurzem Kampf gaben sie auf und überließen uns ihren Planeten. Einige von ihnen konnten mit wenigen Raumschiffen flüchten, eine Verfolgung war ergebnislos. Sie waren einfach verschwunden. So haben wir uns hier niedergelassen. Die zurückgebliebenen Flashers leben seitdem mit uns friedlich zusammen, zeigen aber kein Interesse an uns. Sie leben ruhig und lethargisch vor sich hin, seit vielen Jahrhunderten."

„Dann hätten wir also gar nicht hierher kommen müssen?" fragte Paula mehr sich selbst. „Was wollen sie denn hier?" „Wir haben von den Blackies, die vor über 60 Erdenjahren zu uns gekommen sind, die Information über diese Flashers bekommen. Sie sagten auch, dass die nächste Invasion kurz bevorstehen muss und sie sich eben Sorgen machen würden. Die Flashers hatten ihre Technik jedes Mal stark verbessert und wurden jedes Mal gefährlicher für das Volk der Blackies, aber eben auch für die Menschen auf unserem kleinen Planetensystem am Rande der Milchstraße. Die Flashers hatten nach deren Erkenntnissen den Planeten Erde bereits gefunden und zu ihrem nächsten Ziel gemacht. Daher kamen ihre Vorfahren zu uns und wollten uns technisch in die Lage versetzen, uns erfolgreich zu wehren." Paula machte eine kurze Pause. „Unser Kommandant Chris Dorado und die Blackies waren daher der Meinung, es wäre am besten, hierher zu kommen und die Invasion im Keim zu ersticken

oder sogar einen Frieden mit den Flashers zu schließen."
Der Mundaner stand bewegungslos im Raum. Er blickte in
die kleine Runde. „Das war ziemlich blöd von ihnen!"
sagte er nur. Jimmy lachte kurz auf. „Sehr witzig, sie haben
vielleicht Humor! Wie sollten wir das denn bitteschön
ahnen?" „Mit den Flashers kann es keinen Frieden geben,
weil die kein Interesse daran haben." sagte der Mundaner.
„Wir haben sie besiegt und trotzdem wollten sie sich auf
keine friedliche Koexistenz einlassen. Diese Art ist einfach
so programmiert, immer neue Planetensysteme zu erobern,
die Technik der Besiegten zu assimilieren und dadurch
immer größer und mächtiger zu werden. Eine Art innerer
Drang, eine Bestimmung. Die überlebenden Flashers haben
sich zurückgezogen und leben hier eher mutlos vor sich
hin." „Und was ist mit diesen gigantischen Walzenschiffen,
die uns angegriffen haben?" fragte Petra. „Die machten
absolut keinen mutlosen Eindruck auf mich!"

„Ach ja, das war auch für uns überraschend!"
entgegnete der Mundaner. „Wir waren überzeugt, dass es
keine Raumflotte der Flashers mehr gibt! Wir haben diesen
Planeten unter unsere Kontrolle gebracht und keine
Aktivitäten kämpferischer Art bemerkt. Woher diese vielen
Walzenraumer kommen, können wir auch nicht sagen!
Vielleicht haben die geflohenen Flashers doch irgendwo
unbemerkt von uns eine neue Basis aufgebaut und diese
Raumflotte erschaffen."

„Ist ja toll!" brach es aus Jimmy heraus. „Da unterhalten
wir uns hier ganz nett und entspannt über diese und jene
Welten, und es kann also sein, dass die Flashers doch noch
in der Lage sind, eine Raumflotte aufzustellen und sich
vielleicht sogar schon auf dem Weg in unsere Galaxis
gemacht haben?" „Wir werden das ergründen!" sagte der
Mundaner. „Stellen sie bitte einen körperlichen Kontakt zu
mir her, ich transmittiere uns alle in die Zentrale unseres
Heimatplaneten. Dort haben wir alle Möglichkeiten, Licht
in das Dunkel zu bringen!" Petra war noch nicht so
überzeugt davon, diesem Mundaner zu vertrauen. „Woher

sprechen sie eigentlich unsere Sprache? Und warum haben sie sich nicht bemerkbar gemacht, als die erste Expedition von der Terra 1000 hier gelandet ist und Kontakt zu den Flashers hatte?"

„Ich spreche mundanisch und unsere Technik übersetzt die Worte in Echtzeit. Sie hören also nicht mich direkt, sondern die Stimme des Translators in mir. Und wir wollten abwarten, wer hier Kontakt zu uns aufnehmen möchte und haben daher die Flashers vorgeschoben."

„Schöne Erfindung", meinte Jimmy nur halblaut. „Aber ohne dieses Versteckspiel hätten sie vielleicht die Transmission unserer Flotte verhindern können!" Er ging zum Mundaner und berührte ihn. „Los, ihr Helden! Worauf wartet ihr?" sagte er zu den anderen. „Nutzen wir unsere Chance, hier lebend rauszukommen!"

Die Konturen ihrer Funny Plate verschwammen und es erschien eine neue Umgebung um sie herum. Sie waren in der Zentrale der Mundaner!

Hier wimmelte es nur so von Mundanern! Alle waren mindestens 2,30 m groß und der einzige, der sich jetzt sehr wohl fühlte, war Jimmy Funsdag. Ein Mundaner kam auf sie zu. Es war der, der sie geholt hatte. Er nahm seinen Platz vor den Kontrollen ein. „Ich freue mich, sie hier begrüßen zu dürfen!" sagte er freundlich. „Begleiten sie mich bitte in meine Privaträume und dort können sie mir mal erzählen, wie die Dinge zusammenhängen und was sie hier in Andromeda eigentlich machen." Sie gingen durch ein paar Gänge, nutzten einen Antigravlift und stiegen in einer kleinen Halle aus, die Fenster nach draußen hatte. Der Planet schien eine komplette Wüste zu sein, nichts deutete auf irgendeinen Bewuchs oder Wasser hin.

Die 5 Überlebenden der Terra 328 setzten sich in die Sessel, die sich sofort ergonomisch an ihre Gestalt anpassten. Petra begann, die Geschichte von ihrer Heimat und den Blackies zu erzählen. Jedenfalls, soweit sie dies wusste, denn sie war ja erst in der Neuzeit geboren und für sie waren die Ereignisse, die vorher passiert waren, Geschichte.

Der Mundaner zeigte sich vor allem überrascht, dass Angehörige seiner Art tatsächlich auf einen Planeten gestoßen waren, der ihre damaligen Erwartungen erfüllt hatte. Allerdings gab es nie einen Kontakt oder eine Nachricht über diesen Erfolg und daher hatte der aktive Teil der letzten Blackies vor langer Zeit den Aufbruch nach Andromeda beschlossen. Er konnte sich die Diskrepanz der fehlenden Informationen und die seltsamen Geschehnisse seitdem nur durch massive Zeitverschiebungen erklären.

„Wir Mundaner sind seit über tausend irdischen Jahren hier in Andromeda und haben die Flashers in dieser Galaxie besiegt und ungefährlich gemacht. Jedenfalls waren wir bisher davon ausgegangen, dass sie sich nicht mehr aktiv und invasiv betätigen können. Das war wohl eine tragische Fehleinschätzung! Wir sind auf eine brillante Täuschung hereingefallen. Aber es kann unmöglich sein, dass seitdem nur wenige Jahrzehnte bei Ihnen vergangen sind." schloss er seinen Vortrag.

„Es ist für uns jetzt erst mal am wichtigsten, zu erfahren, wo unsere 999 Einheiten geblieben sind!" sagte Petra jetzt. „Können Sie uns wirklich nicht erklären, warum die plötzlich alle verschwunden sind? Und warum unser Schiff davon nicht betroffen war?" Der Mundaner wirkte unsicher. „Wir haben hier ein Transmitter - Experiment durchgeführt", begann er, „und unsere Energiekonverter haben einen Raumsektor erfasst, in denen sich durch den Raumsprung ihre Einheiten befanden. Ihr Raumschiff befand sich anscheinend als Einziges außerhalb des Strahlungsfeldes, darum blieben sie hier.

Vor vielen Jahren haben wir Andro - Alpha damit verschwinden lassen. Wir mussten die Energiedichte und Strahlungsintensitäten daraufhin massiv differenzieren. Eine kleine Galaxie komplett verschwinden zu lassen, war wirklich nicht unser Plan. Wir hatten nur auf ein unbelebtes Sonnensystem in dieser Zwerggalaxie gezielt. Dass die Energiemenge ausreichte, um eine ganze Galaxie verschwinden zu lassen, konnten wir nicht ahnen. Im Prinzip ist diese Technologie gleichzeitig eine mögliche Waffe und eine Idee, um neue Räume zu erschließen. Da wir noch ganz am Anfang dieser neuen Möglichkeiten stehen, können wir nicht ermitteln, wo Andro - Alpha jetzt geblieben ist und wir wissen auch nicht, wohin ihre Einheiten transmittiert wurden!"

Die fünf sahen sich an. Jimmy war entsetzt.

„Sie müssen doch wissen, was sie tun!" empörte er sich. „Kein Experiment, wenn es wissenschaftliche Erkenntnisse bringen soll, ist nicht nachvollziehbar! Sie können mir nicht weiß machen, dass sie keine Ahnung haben, was da passiert ist! Was macht denn eine solche Transmission für einen Sinn, wenn sie nicht einen Zielpunkt vorher definieren?"

Der Mundaner war erschrocken zurückgewichen, denn Jimmy kam ihm bei diesen Worten immer bedrohlich näher. „Also noch mal: sie wissen, welche Energiemengen sie wo genau abgestrahlt haben, oder? Dann wissen sie auch, welche Auswirkungen das auf welche Massen gehabt haben kann!" Der Mundaner war jetzt gefasster.

„Ja, das kann natürlich ermittelt werden. Aber was soll das bringen? Damit wissen wir noch lange nicht, in welchen Raumsektor die Flotte transmittiert wurde." Paula Anderson hatte plötzlich eine Idee.

„Wenn sie zum Beispiel uns fünf Menschen mit der im Verhältnis gleichen Energiemenge transmittieren würden, müsste das Ergebnis doch auch das gleiche sein, oder irre ich mich?"

„Im Prinzip ja, natürlich! Aber es gibt dafür keine Garantie. Die Entfernung muss wahrscheinlich die gleiche sein, aber die Richtung ist ungewiss!" entgegnete der Mundaner.

„Haben wir eine andere Idee?" fragte Petra. Schweigen. „Also ist es beschlossen!" sagte sie.

„Ich schlage vor, dass wir es mit einer Person versuchen!" sagte der Mundaner. „Ich melde mich freiwillig!" sagte sofort Paula Anderson. „Als Kommunikatorin kann ich vielleicht am Zielort eine Verbindung herstellen!"

„Netter Versuch, fiel Jimmy ihr ins Wort, „aber ich kann dich auf keinen Fall alleine irgendwohin verschwinden lassen! Wer soll dich denn beschützen und trösten, wenn was schief läuft?"

Paula sah ihn an. Eine Mischung aus Ablehnung und Dankbarkeit. Petra mischte sich ein.

„Also gut, ihr beide werdet ins „Sonstwo" transmittiert! Und kommt mir ja unbeschadet zurück, und bringt mir bitte eine vollständige Raumflotte mit!"

Der Mundaner grinste. „Es ist schon irgendwie sehr seltsam, dass unsere beiden Arten in der Galaxie hunderttausende von Lichtjahren entfernt eine so ähnliche Art von Humor entwickelt haben! Geradezu faszinierend!"

Er ging wortlos aus dem Raum.

14

Auf der Erde waren die Menschen inzwischen damit beschäftigt, ihre Zivilisation zu festigen und zu entwickeln. Der Nachfolger von Selahattin Ergün, James Wolfgang Müller, hatte den Wissenschaftsrat weiter ausgebaut und viele Menschen beteiligten sich an den Entscheidungen für ihre Zukunft. So vergingen die Jahre, ohne dass auch nur eine einzige Meldung von den 1000 Raumschiffen zu ihnen gelangen konnte. Funkwellen bewegten sich ja nur lichtschnell, daher war eine Kommunikation über so große Entfernungen im Universum unmöglich. Allerdings hatte Chris Dorado und seine Mannschaft vorgehabt, nach wenigen Monaten zurückzukehren. Nun waren bereits 5 Jahre vergangen.

„Irgendetwas muss da passiert sein!" sinnierte er. Wo - Dan, der ebenfalls im Wissenschaftsrat arbeitete, sah ihn an. „Es wird für uns entscheidend sein, wie wir auf eine Invasion der Flashers vorbereitet sind, falls Chris unser Ziel dort nicht erreicht."

„Ich halte es für angebracht, ein Fluchtschiff bauen zu lassen, in dem ca. eine Million Menschen Platz finden können. Verteidigen können wir unseren Planeten wahrscheinlich nicht, wenn die Invasoren es tatsächlich schaffen, hier aufzutauchen!"

„Unser Volk hatte damals ganz ähnliche Ideen", entgegnete Wo - Tan. Der Blackie war jetzt über 350 Jahre alt und sozusagen im besten Blackie - Alter. Diese Außerirdischen erreichten eine Lebenserwartung ca. 500 Erdenjahren.

„Die Flashers nutzten bei jeder Invasion wieder völlig neue Technologien, die sie von anderen Zivilisationen, die sie vorher vernichtet hatten, assimiliert haben. Dadurch wurden sie immer stärker und unberechenbarer. Ich denke ebenfalls, dass wir die Erde nicht werden halten können, sollten die hier aufkreuzen!" beendete er seinen kleinen Vortrag. James W. Müller bereitete den Gedanken mit dem Regierungsrat und dem Wissenschaftsrat der Erde auf. Und so begannen die Menschen 5 Jahre nach dem Start von Chris Dorado und seiner Raumflotte ins Ungewisse, ein Fluchtschiff zu bauen. Es sollte sagenhafte 50 Kilometer Durchmesser haben und eine Millionen Menschen aufnehmen können.

„Sollte Chris doch noch irgendwann wieder zurückkehren, können wir dieses Raumschiff für eine Besiedelung anderer Planeten der Milchstraße verwenden," sagte Müller, „bisher haben wir immer noch keine erdähnlichen Welten entdeckt, auf denen Menschen leben könnten."

15

„Fertig zur Transmission!" klang es aus dem Raum. Die Stimme kam von irgendwoher, klang fast natürlich, war

128

aber eine künstliche Intelligenz. Computer hatten Kommunikationsformen erreicht, die so natürlich erschienen, dass es keine Unterschiede mehr zu organischen Kommunikationen gab. Paula und Jimmy hatten ihre Raumanzüge angelegt und versuchten, entspannt zu wirken. Es gelang ihnen eher schlecht. Petra sah beide noch einmal an, dann verließ sie den Raum. Über einen Monitor konnte sie sehen, wie die Konturen der beiden anfingen, zu flimmern. Dann wurden sie heller und heller, bis sie in einem grellen Lichtblitz verschwanden. Stille. Petra sah den Mundaner an. Schweigen. Anspannung. Petra sah ihre beiden verbliebenen Leute an. „O.K., das war's für heute. Wir können jetzt nichts mehr tun als abwarten!" Petra, Karl-Heinz und Sandra gingen stumm in ihre Unterkünfte bei den Mundanern.

-

Sie fanden sich in einem gewaltigen Saal wieder. Chris wachte als letzter auf. Er lag fixiert auf einer Liege, die anscheinend für Menschen ausgelegt war. Er versuchte sich, zu bewegen, konnte aber nur seinen Kopf drehen. Neben sich sah er Lotta auf einer Liege.

„Was hältst Du davon?" fragte er seine Tochter. Lotta sah ihn an.

„Ich empfange eine ungeheuere mentale Energie", sagte sie langsam.

„So etwas habe ich noch niemals vorher gespürt. Es ist wie ein gewaltiges Bergmassiv, wenn ich es beschreiben sollte. Aber es kommt mir nicht bedrohlich vor. Es strahlt eine unheimliche Ruhe und, ja, irgendwie Freude aus!"

Chris dachte nach. Dieser Saal war unendlich groß und hoch. Die Liegen sind für abertausende von Individuen gedacht. Überall lagen Menschen aus allen Raumschiffen. Wo waren sie bloß gestrandet? Plötzlich hörte er eine Stimme.

„Woher kommst Du, Chris Dorado?" Er erschrak. Er
blickte sich um. Niemand war zu sehen. Lotta lag
regungslos auf ihrer Liege. Niemand schien etwas gesagt
zu haben. Chris dachte unwillkürlich an die Milchstraße,
an die Erde. „Du lügst, Chris Dorado!"
Die Stimme hämmerte sich in seinen Kopf.
„Telepathen können nicht belogen werden!" dachte
Chris instinktiv. Ohne es zu wollen, unterhielt er sich mit
dieser inneren Stimme in seinem Kopf durch Gedanken.
„Du musst lügen, Chris Dorado!" insistierte nun diese
Stimme.
„Die Milchstraße, wie du die Galaxis nennst, ist 500
Äonen Lichtjahre von diesem Ort entfernt. Und sie liegt in
einem anderen Raum- Zeit- Kontinuum, welches nur durch
eine Verbindung durch ein sehr großes schwarzes Loch
erreichbar ist. Keine Wesen wie Ihr würden dies überleben
und eine solche Entfernung ist somit für euch
unüberbrückbar, unüberbrückbar…unüberbrückbar!!"
Es gab ein schmerzhaftes, intensives telepathisches Echo
in seinem Kopf. Er drohte zu explodieren. Chris wurde
ohnmächtig, alles wurde schwarz um ihn herum.

-

Er erwachte, lag zusammengekrümmt zwischen den
Liegen. Seine Muskeln reagierten nicht auf seine Befehle,
sich zu bewegen. Was er erfahren hatte, war schrecklich.
500 Äonen Lichtjahre! Das konnte unmöglich sein! Das
ihnen bekannte Universum hatte eine Ausdehnung von
maximal 14 Milliarden Lichtjahren, das war von allen
Ergebnissen der Forschung der letzten Jahrzehnte bestätigt
worden. Darüber hinaus war bisher absolut nichts
gemessen worden. Für die Menschen war dort das
Universum zu Ende. Der angeblich unendliche Raum war
demnach doch endlich, hatte seine Grenzen durch die
Lichtgeschwindigkeit. Selbst die Überlichtreisen in der
sechsten Dimension brachten die Erkenntnis, dass es

immer nur möglich war, wieder in das Raum- Zeit-Kontinuum zurückzuspringen, welches dem bekannten Universum zugeordnet war. Andere, parallele Räume im Weltall waren noch nie wissenschaftlich begründet worden. Chris hörte eine Stimme. Lotta sprach ihn an. „Was ist los, Chris? Wo warst du?" „500 Äonen Lichtjahre" murmelte er nur so vor sich hin. „Bin ich der einzige, der diese Stimme gehört hat?" fragte er sie. „Welche Stimme?"

„Es war eine telepathische Stimme!" antwortete er. Langsam kam er wieder zu Kräften. Mit Hilfe seiner Tochter konnte er sich erheben. Auch die anderen waren nicht mehr fixiert und hatten sich erhoben. Sie blickten in den Saal. „Was soll das hier?" fragte Carlo-Carla verwundert.

„Wir waren doch in unserer Landekugel auf einem Raumhafen. Wo ist das kleine Raumschiff? Warum sind wir hier mit allen anderen Menschen?" Er hielt kurz inne.

„Ich habe 500 Äonen Lichtjahre gehört", fragte jetzt Chris, „solche Entfernungen kann es in dem uns bekannten Universum nicht geben!" „Wir müssen in einem völlig anderen, einem Parallel- Universum sein, in dem ganz andere Gesetzmäßigkeiten gelten!"

„Irgendwie muss ich wieder Kontakt zu der Stimme herstellen" sagte Chris. „Vielleicht können uns diese Wesen helfen, hier wieder weg zu kommen!" Doch bevor er einen Versuch machen konnte, sich zu konzentrieren, erschienen plötzlich zwei menschliche Gestalten im Saal. Ein sehr großer Mann und eine normalgroße Frau, in Raumanzügen. Die Frau stand auf einer Liege, der Mann neben ihr, sodass sie annähernd gleich groß waren. Die Frau schrie ängstlich, als sie den riesigen Saal sah.

„Benimm dich gefälligst!" flaumte der Mann sie an. „Hör´ auf, mich zurechtzuweisen!" gab die Frau ärgerlich zurück. „Siehst du, da vorne steht Chris Dorado und seine Mannschaft," sagte sie jetzt und zeigte mit dem Finger auf

Chris. Schon schlug ihr der Lange auf die Hand." So etwas macht man nicht, mit Fingern auf Leute zeigen!"

„Kommt nicht wieder vor!" entschuldigte sich verdutzt die Frau. Dann fügte sie hinzu: hör endlich auf, mich zu bevormunden!"

„Ich bewahre dich nur davor, Fehler zu machen!" stellte der Riese befriedigt fest. Das wäre sicherlich noch so weitergegangen, wenn Chris die beiden nicht energisch unterbrochen hätte.

„Wer sind sie eigentlich?" fragte er scharf, „und wie kommen sie plötzlich hierher?" Paula sah ihn erschrocken an. „Wir wurden von den Mundanern auf dieselbe Art und Weise transmittiert, wie die gesamte Raumflotte!" antwortete sie ohne zu zögern.

„Ich wurde beauftragt", ... „WIR wurden beauftragt!" fiel ihr Jimmy ins Wort. Zu Chris gewandt sagte er: „Ohne mich ist sie völlig hilflos, daher habe ich sie natürlich ganz selbstlos begleitet auf dieser ungewissen Mission!"

„Wer hat sie beauftragt? Und was sind Mundaner? Und warum wurde unsere Flotte nicht zurück transmittiert, wenn sie so genau wissen, wo wir hier sind?" fragte Lotta jetzt dazwischen.

„Also, Petra McSidney von der Terra 328 ist eine von 5 Überlebenden des zurückgebliebenen Schiffes unserer Flotte!" sagte Paula.

„Wir wurden von den Flashers angegriffen und mussten mit einem Beiboot fliehen. Außerdem waren wir beide nicht die einzigen, die nicht paralysiert worden sind, bevor die übrigen Schiffe verschwanden. Daher konnten wir 5 uns zunächst verteidigen und dann auf den 4. Planeten des Systems, vor dem wir materialisiert waren, fliehen. Unsere Funny Plate wurde dann von den Mundanern, die die Nachfahren der Blackies aus der Milchstraße sind, gefangengenommen. Der Kontakt verlief dann sehr freundlich. Allerdings haben wir erfahren, dass die Mundaner die Flashers leider total unterschätzt haben und gar nicht bemerkt haben, wie sie im Geheimen wieder eine

Flotte von starken Raumverbänden hergestellt und in die Milchstraße zur Erde entsandt haben."

Chris guckte Lotta an und zeigte auf Paula und Jimmy. „Sind die noch normal?" fragte er sie.

„Sieht ganz so aus! Auf jeden Fall sagt sie die Wahrheit oder zumindest das, was sie dafür hält." meinte Lotta.

„Wie kommen Blackies nach Andromeda?" fragte Chris weiter. Und wie konnten die sie hierher transmittieren, uns aber nicht zurückholen?"

„Die wissen schlicht nicht, was sie tun!" warf Jimmy jetzt ein. „Machen so ein Riesen- Experiment, strahlen einfach so in die Gegend hinein und treffen dann ausgerechnet unsere Raumflotte! Blöder kann es ja nun nicht laufen, oder? Und dann verwenden sie eine so gigantische Energiemenge, dass 999 Riesenschiffe erfasst werden und sonst wohin geschleudert werden."

Er stutzte kurz. „Wo sind wir eigentlich? Hat hier irgendjemand eine Ahnung?" Chris wandte sich ihm zu. „Anscheinend sind wir 500 Äonen Lichtjahre in ein Parallel- Universum versetzt worden. Möglicherweise gerieten wir durch die Transmissionsenergie in ein sehr großes schwarzes Loch und wurden durch dieses in ein unglaublich weit entferntes Universum der ganz anderen Art gebracht. Hier gelten völlig andere physikalische Gesetzte als in unserem Universum.

Wir sind hier sozusagen „Lost in Space." Lotta mischte sich ein. „Was genau machen die Flashers jetzt? Gibt es darüber Informationen von diesen Mundanern?"

„Die wissen absolut nichts Genaues über diese seltsamen Wesen!" gab Paula zurück. „Angeblich haben sie vor vielen Jahrhunderten die Flashers in Andromeda bezwungen und leben seither in angeblicher Kooperation mit ihnen. Die Flashers scheinen sich unterworfen zu haben und machen einen auf „lethargisch und mutlos".

Für uns sieht das nach einem großen Bluff aus, dem die Mundaner auf den Leim gegangen sind. Zu allem Überfluss scheinen die Flashers auch noch Teile der

133

Technologie von ihnen geklaut zu haben und sich, in aller Seelenruhe irgendwo in Andromeda verborgen, auf diese erneute Invasion der Milchstraße vorbereitet."

„Das hört sich ja alles ziemlich unglaublich an", sagte Lotta zu Paula", aber ich würde es merken, wenn Sie hier Mist erzählen. Daher ist das wohl die tragische Realität!"

An ihren Vater gerichtet sagte sie: „Wir müssen hier schnellstens wieder wegkommen und wenigstens versuchen, die Milchstraße zu erreichen!" Chris wandte sich jetzt an Carlo - Carla.

„Können Sie sich einen Weg vorstellen, wie wir solche Entfernungen überbrücken sollen? Gibt es einen Weg, durch ein schwarzes Loch zurück in unser Universum zu gelangen?" fragte er den Astrophysiker. „Ich halte das prinzipiell für möglich, allerdings müssten wir dazu genau wissen, wo wir hier sind. Und da liegt wohl unser Problem! Ohne irgendeine universelle Bezugsgröße können wir nur ziellos durch den Raum springen. Wir müssen daher zunächst wieder in „unser" Universum gelangen." Carlo - Carla schien also genauso ratlos wie die anderen.

„Re - Pal, was meinst du?" fragte er jetzt den alten Blackie. „Irgendeine Idee?" Re - Pal stand auf. Er stellte sich neben Jimmy und Paula. Er überragte Jimmy noch um 20 cm und sagte: „Diese beiden Menschen kommen aus Andromeda und wurden mittels Transmissionsenergie hierher gesendet. Diese Energie muss doch irgendwelche Spuren in ihnen hinterlassen haben. Diese Art Reststrahlung müssten wir messen können. Vielleicht gibt das Hinweise auf die Richtung oder die genaue Entfernung, die diese Menschen zurückgelegt haben?" Alle sahen sich schweigend an. „Dann müssen wir irgendwie in unser Beiboot kommen und damit auf die Terra 1000!" sagte Carlo - Carla. „Nur dort können wir solche Analysen durchführen!" Chris und Lotta sahen sich an.

„Sehen Sie hier irgendwo einen Ausgang?" fragte Lotta. Carlo - Carla sah sich um. Tatsächlich, der Saal hatte nur glatte Wände, ohne Konturen oder erkennbare Türen. Alles

134

wie gelackt, glänzend, makellos gleichförmig. Alle setzten sich auf ihre Liegen.

„Das kann doch alles nicht wahr sein!" lamentierte Chris jetzt laut. „Das muss doch irgendeinen Sinn ergeben!" Unbewusst hatte er sich in Gedanken damit an die Stimme in sich gewandt, und tatsächlich bekam er eine Antwort.

„Einen Sinn suchen alle Lebewesen der Universen seit dem Zeitpunkt, an dem sie ein Bewusstsein für sich selbst entwickelt haben. Die Sinnfrage wird auch euch beantwortet, allerdings erscheint uns der Zeitpunkt dafür erheblich zu früh. Ihr seid durch einen sehr unwahrscheinlichen Zufall in dieses allen Seins übergeordnete Universum gelangt und wir werden euch helfen, wieder zu eurem Ausgangspunkt zurück zu gelangen. Denn wenn wir euch helfen, helfen wir auch uns! Alles ist miteinander verbunden, alles strebt nach Einklang und Harmonie, alles wird am Ende zueinander geführt."

Die Stimme blieb einen Augenblick lang stumm. „Was ist das für eine Riesensonne und warum ist dieses Planetensystem anscheinend ohne eine Galaxie völlig solitär im Nichts?" dachte Chris unvermittelt.

„Es ist keine Sonne, wie ihr sie kennt. Die Sonne ist reine Gedankenenergie. Wir sind die, wie du sie nennst, Sonne. Und wir haben auch die Planeten erschaffen, aus reiner Energie", bekam er zur Antwort. „Alles Sein ist im Ursprung reine Energie und muss am Ende wieder reine Energie werden! Materie ist nur eine Zwischenstufe der Evolution, um Energie stark zu verdichten und in eine neue Dimension zu transferieren. Auch die lebendige Materie, die ihr „Leben" nennt, hat nur dieses eine Ziel, wieder zu Energie zu werden." Chris konnte diese Aussagen nicht verstehen, er spürte aber, dass es die Wahrheit sein musste. Und Chris spürte eine große innere Entspannung, ähnlich einem Glücksgefühl ohne erkennbaren Grund.

„Ihr werdet gleich wieder einschlafen und danach an euren Ausgangspunkt zurückgesendet. Es war interessant, eine Lebensform zu spüren, die normalerweise gar nicht in unsere Sphären vordringen kann. Jedenfalls nicht auf die Art und Weise, wie es euch passiert ist. Wir werden diesen Umstand analysieren und in unsere Gedanken einfließen lassen. Wir wünschen Euch eine gute Reise, in jeder Beziehung!"

16

Petra Mc Sidney, Sandra Meier und Karl-Heinz Petersen standen mit Wo - Lan im Kontrollzentrum auf Mundan. Die Mundaner hatten den vierten Planeten, auf dem sie in Andromeda heimisch geworden waren, Mundan getauft. Der „Chef" hieß Wo - Lan, wie sie inzwischen erfahren hatten. Seit dem Verschwinden von Paula und Jimmy waren gerade mal knapp 100 Minuten vergangen, aber sie hielten es nicht länger aus, alleine in ihren Unterkünften zu warten. Wo - Lan hatte sie zu sich und den anderen Mundanern in die Zentrale gerufen, weil im Raum neben ihrem Sonnensystem merkwürdige Gravitationswellen gemessen worden waren. „Solche Wellen können auf keinen Fall von unserer Sonne stammen, dafür sind sie viel zu gewaltig! Es gibt hier massive Raumkrümmungen und auch das Zeitgefüge scheint nicht linear zu verlaufen. Wir können uns das nicht erklären!" kommentierte er das Hologramm im Raum, welches fast nur die Schwärze des Weltraums wiedergab. Doch bei längerem Hinsehen bemerkte Petra ein Zittern, ein Schwingen des Restlichts, das von der Sonne ausging. Und plötzlich explodierte das Hologramm!

Ein sehr viel hellerer Lichtblitz als bei der Transmission von Paula und Jimmy erfüllte den Raum. Alle wendeten geblendet die Augen ab und hielten sich schützend ihre Hände vors Gesicht. Selbst durch die Hände konnten sie die ungeheuerliche Helligkeit des Raumes wahrnehmen. Und ebenso plötzlich, wie das Licht gekommen war, verschwand es auch wieder. Sie sahen den schwarzen Weltraum und ….. 999 terrestrische Raumschiffe!

Petra fasste sich als erste wieder. „Das ist ja phantastisch!" rief sie nur aus und fiel Sandra um den Hals. „Sie dir das doch an, schrie sie fast", sie sind alle wieder zurück!"

Wo - Lan hatte schon begonnen, Kontakt mit den Einheiten aufzunehmen. Chris Dorado, seine Tochter Lotta, daneben Paula und Jimmy sowie ein Blackie waren wieder erwacht und erschienen auf dem Hologramm.

„Dem Himmel sei Dank, ihr seid zurück!" rief Petra ihnen zu. Chris wandte sich an   Wo - Lan.

„Wir müssen sofort in die Milchstraße aufbrechen! Wie wir erfahren haben, sind die Flashers auf dem Weg dorthin! Wie auch immer sie das in die Wege leiten konnten!"

Re - Pal sah den Mundaner zum ersten Mal.

„Ich hätte schon noch sehr viele Fragen!" sagte er zu ihm. „Wir sollten nichts überstürzen und uns zunächst einmal beraten!" Chris sah Lotta und die anderen an.

„O.K., wir landen mit einem Beiboot und bringen eine kleine Delegation unserer besten Analytiker mit."

Jetzt betraten Mai - Lin, El und Mahagül die holografische Projektion. „Wir würden gerne mit auf den Planeten kommen! Wir nehmen ebenfalls ein Beiboot und landen gemeinsam mit euch da unten!"

Re - Pal konnte man im Hintergrund sehen, auch Ra - Tul und Hendrix machten sich jetzt bemerkbar. So flogen also zwei Beiboote, eins der Terra 999 und eins der Terra 1000, Mundan an. Von den Walzenraumschiffen, die die Terra 328 von Petra McSydney angegriffen hatten, war nichts mehr zu sehen. Sie schienen Wichtigeres zu tun zu haben.

17

Nach 10 Jahren Abwesenheit der Raumflotte von Chris Dorado nahm die „Millions Hope", wie das Rettungsschiff der Menschen genannt wurde, langsam sehr konkrete Formen an. Die äußere Raumschiffhülle war bereits fertig gestellt und der Innenausbau lief auf Hochdruck. Niemand glaubte mehr an eine Rückkehr der Menschen, die die Invasion verhindern wollten. Der Wirtschafts- und der Regierungsrat hatten Chris Dorado und die 2.500.000 Menschen für verschollen erklärt und entsprechende Informationen an die Bevölkerung gegeben. Die Menschen, die sich für die Evakuierung gemeldet hatten, wurden bereits ausgebildet und darauf vorbereitet, jahrelang durch den Kosmos zu reisen und konnten sich von der Erde verabschieden.

Die Menschen der Neuzeit waren mit dem Bewusstsein aufgewachsen, dass es im Universum andere Zivilisationen gibt, die allerdings weit voneinander entfernt lebten und wahrscheinlich keine Kontakte untereinander pflegten. Die Wissenschaftler der Erde hatten durch neuartige Methoden herausgefunden, dass Reisen durch das Universum, also den interstellaren Raum, unvermeidlich mit Veränderungen des Raum-Zeit-Gefüges einher gehen mussten und es daher kaum eine Möglichkeit zu geben schien, innerhalb eines klar zu definierenden Zeitraumes wieder zurück zur Erde zu gelangen. Schon der Eintritt in den Überlichtraum bedeutete eine Verzerrung der Raumzeit. Wie sich die Gravitationswellen, die durch solche Reisen entstehen mussten, auswirkten, konnte niemand verlässlich vorhersagen. Es handelte sich also um Reisen in eine Richtung, ausschließlich geeignet, um neue Welten zu entdecken und zu besiedeln. Da aber sämtliche Welten in der Milchstraße viele Lichtjahre vom Sonnensystem entfernt waren, konnte auch eine Verbindung durch Funkwellen nur nach vielen Jahrzehnten oder länger überhaupt in Erwägung gezogen werden. Daher wurden schon jetzt die leistungsstärksten Quantencomputer mit Daten über die Mission programmiert und darauf ausgerichtet, den Kontakt zu diesem Außenposten der Menschheit zu gewährleisten. Möglicherweise zog sich das über Jahrzehnte bis Jahrhunderte hin, was kein jetzt lebender Mensch kontrollieren konnte. Gleichzeitig wurde intensiv ins Weltall hineingehorcht, Sonden waren in allen Richtungen unterwegs, um die Ankunft der Flashers möglichst frühzeitig zu melden. Die Zukunft der Menschheit lag gewissermaßen „in den Sternen".

18

Die Blackies und die Mundaner begrüßten sich auf eine etwas distanzierte Art und Weise. Mit sehr kargen Worten in ihrer Sprache, mit wenigen Gesten. Dennoch konnte man erkennen, wie aufgewühlt Re - Pal und Ra - Tul waren. El - Tel und Mi - Rul waren ebenfalls mit Lotta und Rachel dabei. Sie versuchten, mentalen Kontakt mit den Mundanern herzustellen und ihre Gedanken mitzuverfolgen. Das wichtigste Thema waren die enormen Zeitverschiebungen, die es gegeben haben musste. Zunächst konnte nicht geklärt werden, wann die Blackies die Milchstraße verlassen hatten und in Andromeda die Flashers gefunden hatten. Nach Aussage der Mundaner angeblich über tausend Jahre zuvor, was sich allerdings nicht mit der Suche der Blackies nach einer Zivilisation für ihre Technik deckte. Denn die hatte bekannterweise erst vor ca. 60 Jahren stattgefunden. Die Würfelraumer und auch die neueren Kugelraumer hatten die Heimatwelt der Blackies erst vor wenigen hundert Jahren verlassen, um die Ergebnisse der Tests zu überprüfen. So einigte man sich darauf, dass intergalaktische Reisen, also von der Milchstraße nach Andromeda, anscheinend größere Zeitverschiebungen verursachten als Reisen innerhalb einer Galaxie, warum auch immer!

„Wir müssen unbedingt die neue Heimatwelt der Flashers hier in Andromeda finden und diesem unheilvollen Treiben ein Ende setzen!" sagte Wo - Lan. „Ich werde genügend Raumschiffe bereitstellen lassen, um nach geeigneten Welten zu suchen. Vielleicht gibt es Mittel, um Informationen aus den hier noch lebenden Flashers heraus zu bekommen! Das wird uns nicht noch einmal passieren, uns derartig täuschen zu lassen!"

Chris stimmte diesen Überlegungen sofort zu, denn diese bedrohlichen Wesen würden immer so weitermachen und noch viele Zivilisationen vernichten, wenn ihnen nicht endlich Einhalt geboten würde. Aber viel zu sehr brannte ihm das Problem mit den Flashers, die in die Milchstraße aufgebrochen waren, unter den Nägeln.

„Ich denke, wir werden diese Fragen mit den Zeitverschiebungen nicht hier und heute klären können", versuchte er die Wissenschaftler wieder zurück in die Gegenwart zu holen, „aber ich schlage vor, wir machen uns jetzt zügig auf den Weg zur Erde!"

El und Mahagül kamen mit Re - Pal und Ra - Tul zu ihm. „Chris, wir möchten dir und den anderen etwas Wichtiges sagen", begann El. „Mahagül und ich werden langsam zu alt für solche Reisen und wir werden mit Ra - Tul und Re - Pal auf Mundan bleiben. Wir wollen hier unsere letzten Jahre in Frieden verbringen und gemeinsam mit den Mundanern vielleicht noch ein paar schöne Jahre erleben. Wo - Lan sagte uns, dass es hier noch ein kleines Meer gibt. Dort werden wir leben und diese herrliche Ruhe und den Frieden genießen. Wir bitten dich, wir bitten euch, das zu akzeptieren!"

Als erste reagierten Rachel und Lotta. „Das lassen wir auf keinen Fall zu!" rief Rachel ihrem Opa zu. „Ohne euch können wir doch nicht aufbrechen! Wir brauchen euch und vor allem, wir lieben euch!"

„Zu lieben heißt eben vor allem auch, loslassen zu können!" sagte jetzt Mahagül und lächelte die beiden gewinnend an. „Wir haben doch wirklich genug erlebt und sind jetzt fast 100 Jahre alt geworden. Lasst uns die Zeit und die Ruhe, die wir jetzt vielleicht noch haben und macht euch ohne uns auf den langen Weg zurück! Wir können wirklich nicht mehr helfen!" Chris sah Mai - Lin und die beiden Mädchen an. Sein Blick bedeutete nur eins: es ist O.K., sie haben recht. Rachel und Lotta empfingen ein starkes Gefühl der Liebe und Zufriedenheit von El und Mahagül und dieses Gefühl erfüllte sie jetzt ebenso. Sie umarmten sich alle lange und innig, einige Tränen flossen. Doch es war in Ordnung, es fühlte sich richtig an.

Und so blieben El und Mahagül und die beiden alten Blackies auf Mundan zurück. Sie bewohnten zwei Gebäude am Ufer des Meeres nebeneinander und wollten den für sie neuen Planeten erkunden und ihre letzten Tage noch genießen. Chris blickte den vieren hinterher, als sie die Zentrale verließen. El und Mahagül gingen leicht gebeugt, aber Hand in Hand, und sie blickten nicht noch einmal zurück, als sie den Raum verließen.

19

Die Erde schrieb das Jahr 75. Das gigantische, 50 km Durchmesser große Rettungsschiff war fertig gestellt. Ein erster Raumflug ohne menschliche Besatzung stand kurz bevor. Der Wissenschaftsrat und der Regierungsrat traten zusammen vor die Menschheit und sprachen per Holographen in jedem Raum mit jedem Menschen.

„Wir haben uns auf diese Flucht von der Erde vorbereitet und sind nun bereit. Unsere Raumflotte, die vor 15 Jahren aufgebrochen ist, scheint nicht wieder zurück zu kommen. Unsere Raumüberwachungssatelliten haben starke Veränderungen der Gravitationswellen im Pferdekopfnebel registriert. Dieser ist bekanntlich 1500 Lichtjahre von uns entfernt und im Sternbild Orion verortet. Einer unserer Satelliten ist sofort mittels Überlicht Raumsprung zurückgekehrt, um uns rechtzeitig zu warnen. Die Invasion der Flashers, die sich auch mit

Überlichtgeschwindigkeit nähern, steht somit kurz bevor. Genau, wie es die Blackies vor 75 Jahren vorhergesagt hatten. Chris Dorado und sein Team scheinen nichts erreicht zu haben, wenn sie überhaupt in Andromeda angekommen sind.

Wo - Tan, Tabea Sirius vom Regierungsrat und James Wolfgang Müller vom Wissenschaftsrat sahen sich an. Sie nickten sich zu.

„Sofort nach dem Testflug der „Millions Hope" beginnen wir mit der Evakuierung der Millionen Menschen, die sich auf den Weg ins Irgendwo machen werden. Bitte halten Sie sich ab sofort bereit und suchen die Shuttles auf."

-

Das riesige Raumschiff beschleunigte kurz und entmaterialisierte auf der Höhe der Marsumlaufbahn. Nach 15 Minuten kehrte es in den Orbit der Erde zurück. „Das ging jetzt aber verdammt schnell!" wunderte sich James Wolfgang. „Der Testflug war doch bis ins 4 Lichtjahre entfernte nächste Sonnensystem programmiert und sollte von dort gleich ein paar Planetendaten mitbringen."

„Wir werden die Daten der Quantenrechner schnellstens auswerten!" sagte Wo - Tan. Tabea Sirius, eine junge Frau mit indischen Wurzeln und leichtem japanischen Einschlag, langen schwarzen Haaren und einer unglaublichen Präsenz verließ den Raum und begab sich zu einem der Shuttles. Sie würde auf der „Millions Hope" gemeinsam mit einem Siedlungskomitee die Mission leiten. Das Komitee bestand aus 25 Menschen mit unterschiedlichsten Qualifikationen. Es war aus einer großen Anzahl von Bewerbern vom Wissenschaftsrat ausgewählt worden, gemäß einem Punktesystem, um auch wirklich die geballte Kompetenz der Menschheit dort zu versammeln.

Sie traf Amal Singh, einen jungen Mann, den sie schon öfter gesehen hatte und der ebenfalls Mitglied im Komitee war. Er war nur 175 cm groß, wirkte durch seine schlanke Gestalt mit langen Beinen jedoch größer. Wie sie hatte auch er schwarze Haare, die ziemlich kurz gehalten waren. Seine dunklen Augen strahlten etwas Geheimnisvolles aus, lächelten aber auch irgendwie immer.

Während Tabea, obwohl erst 20 Jahre alt, ihren Schwerpunkt in Astronautik hatte, war Amal, 25- jährig, spezialisiert auf bio-chemische Vorgänge. „Moin, Tabea" sprach er sie an. „Schön, dich zu sehen!" Er strahlte sie an. Tabea strahlte zurück und lächelte ein wenig in sich hinein. Ein sympathischer junger Wissenschaftler, dachte sie, schön, dass er dabei sein wird.

„Hallo Amal", entgegnete sie zurückhaltend, „jetzt wird es ernst!" Beide gingen in ein Antigraffeld unter das 500 Meter Beiboot, von dem es 10 Stück gab. In jedem Beiboot konnten jeweils 1000 Menschen in den Orbit zur „Millions Hope" gebracht werden. Sie schwebten ins Raumschiff und setzten sich auf eine der vielen Plätze neben die anderen Menschen. Es wurde kaum gesprochen, jeder ging seinen Gedanken nach. Amal konnte telepathische Impulse relativ gut deuten und er empfing viele positive Gedanken der Menschen. Es gab so gut wie keine Furcht, vielmehr Neugier und Erleichterung, dass es nun endlich soweit sein sollte.

Während also ein Beiboot nach dem anderen besetzt wurde und startete, die Menschen im Siedlungsschiff herausließ und wieder zur Erde zurückflog, um die nächsten 1000 abzuholen, wertete der Wissenschaftsrat die Daten eiligst aus. Nach zwei Tagen lagen die Ergebnisse vor.

James Wolfgang trat vor die anderen Mitglieder des Rates. „Wir haben Daten von einem Raumflug nach Alpha Centauri, ca. 4,2 Lichtjahre entfernt. Die Reise dauerte für den Quantenrechner eine Stunde, also 100 Minuten. Die Erkundung der Planeten dauerte wiederum 1 Stunde. Es gibt dort keinen Planeten, der für uns bewohnbar ist. Doch das nur am Rande, wir wussten darüber bereits Bescheid und es wurde somit lediglich bestätigt. Die Rückreise dauerte dann ebenfalls eine Stunde." Er machte eine Pause und blickte in die Runde.

Wer rechnen konnte, und das waren definitiv alle im Raum, dem war jetzt schon klar, worauf James Wolfgang hinauswollte. Das Raumschiff war nach 15 Minuten wieder zurückgewesen. Jeder hatte das zur Kenntnis genommen. „Wir gehen hier von einer Raum- Zeit- Anomalie aus, die bisher nicht zu erklären ist. Aus irgendeinem Grund dauerte der Flug nur 15 Minuten Erdzeit. Wenn diese Zeitverschiebungen bei Überlicht Raumflügen allerdings keine Ausnahme, sondern eher die Regel sein sollten, würde sich vielleicht erklären, warum Chris Dorado seit 15 Jahren verschollen ist. Möglicherweise ahnen die überhaupt nichts von diesem Phänomen und sind erst ein paar Wochen oder Monate unterwegs. Wenn das aber stimmen würde, ist es wiederum unerklärlich, warum der Testflug der „Millions Hope" einige Stunden gedauert hat, aber die Rückkehr nach nur 15 Minuten stattfand. Es scheint daher noch nicht einmal sicher zu sein, wann die Zeitverschiebungen bei Raumflügen die Zeit dehnt oder komprimiert. Wir wissen es nicht und es macht auch nicht viel Sinn, darüber zu spekulieren! Wir müssen uns der Aufgabe stellen, möglichst viele Menschen zu retten, solange wir es noch können!"

20

„Jetzt heißt es so schnell wie möglich zur Erde zu kommen!" sagte Hendrix zu Chris und den anderen in der Zentrale der Terra 1000. „Dann mal los!" erwiderte Chris nur trocken.

„Alle auf ihre Positionen. Ein Rundruf an alle anderen Einheiten. Ziel: Terra."

144

Die Mundaner sahen die Menschen an. „Wir würden gerne helfen, aber es ist sicher am besten, wenn wir hier den Flashers wieder stärker auf die „Finger" gucken und sämtliche Aktivitäten militärischer oder invasiver Art unterbinden. Wir waren wirklich überrascht, wo die vielen Raumschiffe plötzlich hergekommen sind und wie es ihnen gelungen ist, völlig unbemerkt eine so große Flotte überhaupt zu entwickeln. Obendrein haben sie auch noch viele technische Innovationen von uns gestohlen und wahrscheinlich werden die jetzt gegen ihre Erde eingesetzt!"

„Ja, irgendwie tragisch, diese ganze Sache", erwiderte Chris. „Trotzdem werden wir alles versuchen, die Erde zu retten!" Damit verließ er die Zentrale von Mundan, begab sich gemeinsam mit den Leuten der Terra 999 und 1000 zu den Beibooten und sie flogen zu ihren Schiffen. Kurz nachdem alle an Bord waren, nahmen sie ihre Positionen ein und Chris gab den Befehl zum Aufbruch.

999 Raumschiffe starteten ihren Flug in die sechste Dimension. Nach einer Woche erreichten sie die Milchstraße und tauchten wieder in die dritte Dimension ihrer Heimatgalaxie ein. Das Sonnensystem lag jetzt noch etwa 40.000 Lichtjahre entfernt. Sie sprangen in den Hyperraum und legten die Strecke in einer weiteren Woche zurück. Ihre Orter zeigten das Sonnensystem an.

Aber die Erde war verschwunden. Zwischen Venus und Mars befand sich absolut nichts!

21

Nach einem Monat war die „Millions Hope" voll.

1000 Flüge mit den Beibooten hatten eine Millionen Menschen an Bord gebracht. Wie sich zeigte, keine Minute zu früh. Gerade einen Tag nach Beendigung der Evakuierung tauchten walzenförmige Raumschiffe im Sonnensystem auf. Die terrestrische Abwehr hatte 150

Einheiten zur Verteidigung bereit. Diese 5000 Meter Schiffe waren stark bewaffnet und hatten gewaltige Energien gespeichert, um die Schutzschirme zu speisen.

Tabea und Amal sahen die gespenstisch wirkende Szene im Raumüberwachungs- Holographen. „Amal, wir können und dürfen uns nicht gefährden!" sagte Tabea zu ihm.

„Wir müssen sofort starten und sehen, dass wir hier wegkommen!"

Tabea gab entsprechende Signale an die Steuerung des Riesenschiffes und es beschleunigte stark. Nach wenigen Minuten gelang der Sprung in den Hyperraum und die „Millions Hope" materialisiert am ersten einprogrammierten Ziel, einem Sonnensystem am Rande der Milchstraße, etwa 1500 Lichtjahre von der Erde entfernt, aber auch noch im Spiralnebel - Sagitorius - Arm.

Sie hatten die Koordinaten dieses Sonnensystems von den Blackies erhalten. Hier sollte sich ein erdähnlicher Planet befinden, den es zu erkunden galt. Ob er für eine menschliche Besiedelung geeignet war, war nicht bekannt. Viele Parameter stimmten überein mit den Bedingungen, die Menschen benötigten. „Schicken wir ein Beiboot runter und schauen uns mal um!" sagte Tabea zu Amal. „Nimm dir ein kleines Team mit, das die notwendigen Analysen gleich durchführen kann!" Amal nickte ihr kurz zu und verschwand.

„Dolph Rasmussen, Svetlana Jankovsky und Denise Jaquemar", bitte sofort in die M-1 kommen. Einsatz auf dem 2. Planeten des Sternbildes Schlange. Wir nennen ihn Corot-9b. Obwohl er erheblich größer ist als unsere Erde, herrschen dort Temperaturen zwischen 256 und 416 Grad Kelvin, was für Menschen erträglich erscheint. Er benötigt ca. 195 Tage für einen Umlauf um das Zentralgestirn. Alles Weitere werden wir dort unten erforschen."

Amal hatte die jungen Wissenschaftler rein nach Qualifikation ausgewählt. Svetlana war eine Frau Mitte 30, kurze, fast weiße Haare, stahlblaue Augen und schlank,

146

aber muskulös. Sie arbeitete als Geologin. Dolph, der Biologe, war bestimmt 2 Meter groß und hatte braune, schulterlange Haare, braune Augen, sehr dominante Augenbrauen. Auch er war muskulös gebaut. Die Physikerin Denise wiederum war nur 1,70 groß, rothaarig, hatte überall Sommersprossen, glasige, hellblaue Augen und eine fast schneeweiße Haut.

Es musste sich noch zeigen, wie das Team harmonierte. Sie landeten auf Corot-9b und fanden einen Planeten mit hoher Schwerkraft vor. Die Berechnungen ergaben ca. 4 Gravos.

Das alleine war eigentlich schon ein Ausschlusskriterium, dennoch wollte Amal weitere Analysen vornehmen lassen.

Sie schickten Robo Flugkörper raus und ließen Materialproben sammeln, Daten messen und akustische sowie holographische Aufnahmen des Planeten machen. Die Daten wurden direkt in die Datenbanken des Beibootes übertragen und das Team war sozusagen live dabei. Die Atmosphäre bestand aus Stickstoff, Sauerstoff und geringen Mengen an anderen Gasen. Sie war für Menschen tatsächlich verträglich. Das war eine kleine Sensation, denn einen so großen Zufall hätte niemand ahnen können.

„Ich empfange biologische Impulse!" sagte Svetlana plötzlich. „Es muss sich um eine höher entwickelte Lebensform handeln, aber ich empfange keine klaren Muster." Alle waren angespannt. Die Daten kamen in großer Anzahl auf den Rechner. Wie aus dem Nichts erschien eine Projektion auf dem Holographen.

Eigenartige Geräusche kündigten eine seltsam anmutende Gestalt an. Ein etwa hundgroßes Wesen mit unzähligen, stämmigen Beinen und einem kompakten, langen Rumpf. Ein Kopf war nicht sofort erkennbar, aber es gab vorne an dem Wesen Öffnungen, die möglicherweise Mund, Augen, Ohren und Nase sein konnten. Das Wesen bewegte sich langsam und fast in Trance.

„Das scheint an der hohen Schwerkraft zu liegen!" sagte Dolph. „Ist ja irre! Das ist die zweite außerirdische Lebensform, die wir sehen. Lasst uns weitersuchen!"

Es gab Wasservorkommen, pflanzenartige Gewächse, ebenfalls sehr niedrig und kompakt, aber eher selten auf dem staubigen Gestein des Planeten. Die ersten Bodenproben kamen rein. Amal analysierte gerade die Strahlenwerte und war überrascht. Der Planet war extrem hoher Gammastrahlung ausgesetzt.

Denise bestätigte das Fehlen eines Magnetfeldes, welches zur Abschirmung gegen die harten Sonnenstrahlen notwendig gewesen wäre.

„Das ist jetzt eine weniger gute Nachricht für uns", sagte sie.

„Das Wesen verfügt über keine große Intelligenz," meinte Dolph jetzt, „diese Lebensform agiert eher vegetativ."

Amal konnte das bestätigen, er empfing ähnliche Impulse, allerdings war es bei ihm sehr undeutlich. Die ersten Proben der Pflanzen kamen rein.

„Nichts für Menschen Verwertbares, befürchte ich. Es scheint sogar giftig zu sein, wenn ich die Inhaltsstoffe richtig deute!" meinte Denise.

„Könnte auf diesem Boden denn etwas in unserer Richtung Genießbares wachsen?" fragte Amal sie.

„Na ja, möglich wäre es vielleicht schon, aber der Planet verfügt über sehr wenig Wasser, und bei der hohen Gravitation ist es stark verdichtet und schwer nutzbar für Menschen. Sieht also nicht so gut aus!"

Nach einigen Stunden waren alle Roboter zurückgekehrt, die Proben analysiert und die Ergebnisse standen zur Verfügung. „Wir fliegen zurück zum Mutterschiff und werden berichten!" sagte Amal.

„Ich denke, wir können das hier abhaken, was meint ihr?" Die anderen sahen sich an und nickten langsam. „Na ja, wäre ja auch unglaubliches Glück gewesen, wenn wir gleich den ersten Planeten, den wir überhaupt erkunden,

148

für geeignet befinden würden. Die Blackies hatten damals schon gesagt, dass Planeten, auf denen Leben so wie wir es kennen möglich ist, sehr selten sind!" sagte Denise.

22

Die Walzenschiffe materialisierten ca. 400.000 km entfernt von der Erde, also etwa in Höhe der Mondumlaufbahn. Auf der Erde wurden sie sofort bemerkt und die Raumschiffe, die im Orbit zur Verteidigung bereit waren, begannen mit dem Beschuss der Walzen. Sie setzten alle zur Verfügung stehenden Bordsysteme ein. Die ersten Walzen verschwanden in der sechsten Dimension. Doch sofort danach umgab die anderen Walzen eine flimmernde Aura. Die Flashers hatten besondere Schutzschirme aktiviert. Jetzt erfolgte der Angriff. Allerdings ignorierten die Flashers die hundertfünfzig Raumschiffe der Menschen und begannen, sich systematisch um die Erde herum zu positionieren. Der Beschuss durch die Kugelraumer konnte ihnen nichts mehr anhaben.

Nachdem fast 10.000 Walzenschiffe die Erde dicht umringten, setzten sie eine neue Waffe ein und alle Menschen an Bord der Kugelraumer schliefen ein.

James Wolfgang Müller und die Menschen im Kontrollzentrum auf der Insel Taiwan hatten alles mit angesehen. Es war dunkel geworden, denn die Walzen ließen fast kein Sonnenlicht mehr durch. Allerdings wussten sie nicht, warum plötzlich keine Gegenwehr mehr von den Kugelraumern ausging.

„Es ist aussichtslos! Ganz so, wie wir vermutet haben", sagte er mehr zu sich selbst, „aber wir dürfen nicht einfach so aufgeben!"

Er gab nach kurzer Rücksprache mit den anderen Wissenschaftlern den Befehl, dass sich alle Menschen sofort in ihre Privaträume zu begeben hatten. Dort sollten sie die Ereignisse mitverfolgen und sich bereithalten.

Die Erde kühlte sich ab. Obwohl nur langsam, aber doch merklich, messbar und unaufhörlich. Ohne Sonnenlicht und Infrarotstrahlung gab es keine Wärme mehr von außen. Da alle Menschen in ihren Räumlichkeiten waren, gab es zunächst keine Probleme deswegen. Die Dunkelheit wirkte sich allerdings psychologisch negativ aus und erzeugte bei fast allen ein Gefühl der Hilflosigkeit und Verlassenheit.

Die ersten Walzen - Beiboote landeten auf der Erde. Sie hatten sich die großen Städte ausgesucht. Dort ließen sie schwebende Transporter heraus. Diese landeten neben allen Fabriken, Produktionsanlagen für technologische Geräte, Bio - Reaktoren zur Nahrungsmittelproduktion, Energiezentren und Bildungseinrichtungen. Die Roboter aus den Transportern hatten starke Lichtstrahler, demontierten sämtliche Anlagen und ließen diese wegbringen. Die ganze Szene wirkte gespenstisch und irreal. Einige Menschen zerstörten ein paar dieser Roboter, wurden danach und im weiteren Verlauf der Aktionen aber auch ruhig gestellt und sackten bewusstlos in sich zusammen.

„Wir haben absolut kein Mittel gegen diese Paralysatoren!" sagte James Wolfgang.

„Unsere Schutzschirme sind dagegen wirkungslos und wenn das so weitergeht, sind bald alle Menschen hier gelähmt und bewusstlos. Und dann diese Dunkelheit! Es ist wirklich entmutigend. Die einzige Hoffnung, die bleibt, ist die, dass diese Flashers uns wohl nicht umbringen wollen, sondern nur unsere Technologien stehlen und dann vielleicht wieder verschwinden!"

„Die Blackies sprachen aber davon, dass die Flashers die Zivilisationen, die sie überfallen, auslöschen!" entgegnete jetzt eine Frau neben ihm.

„Wir werden es sehen!" gab James Wolfgang nur kurz zurück. „Wir werden es sehen!"

Wie zur Bestätigung verschwanden plötzlich alle Kugelraumer einer nach dem anderen aus dem Orbit. Die
150

Flashers hatten ebenfalls Dimesextakanonen und wendeten diese jetzt an. Eine kurze Explosion, ein Lichtblitz, und weg war die Kugel!

So säuberten sie in kurzer Zeit den Raum um die Erde herum und zerstörten auch sämtliche Satelliten, die sie nicht vorher „eingeladen" hatten. Danach ging es auf der Erde weiter. Es dauerte nur wenige Tage, dann hatten sie alles abgeholt, was ihnen wertvoll erschienen war. Die Transporter verschwanden in den Beibooten, die Beiboote flogen in die Mutterschiffe zurück. Alles machte einen systematischen, gut geplanten Eindruck und ging fast lautlos vonstatten. Schließlich waren sämtliche Beiboote gestartet und wieder bei ihren Schiffen im Orbit eingetroffen.

„War's das jetzt?" fragte James Wolfgang in den Raum. Niemand gab eine Antwort. „Wir haben keine Möglichkeit mehr, Daten zu bekommen. Alle Satelliten sind zerstört oder geklaut. Wir haben nur noch wenige Daten von den Teleskopen, die in den Weltraum sehen."

Diese Daten, diese Bilder, erschienen jetzt im Raum. Die Hülle aus Walzenschiffen bewegte sich nicht. Gebannt sahen alle auf die Holographen. Eine dunkle Wand von Walzenraumschiffen. Lautlos. Bedrohlich. Gespenstisch. Plötzlich wurde es überall wieder heller. Wie auf einen geheimen Befehl schossen aus jeder Walze, zumindest aus denen, die zu sehen waren, helle Strahlen hervor.

Und dies geschah tatsächlich rund um den ganzen Erdball. Die Strahlen erreichten die Erde und drangen in den Erdmantel ein.

Sie drangen unaufhörlich immer tiefer ein. Sie erreichten zeitgleich die Magmafelder in der Erdkruste. Sie drangen weiter in Richtung Erdkern vor. Schnell, lautlos und unbarmherzig. Die Eruptionen, Vulkanausbrüche, Riesenwellen der Ozeane waren belanglos. Es ging alles sehr schnell. Die Menschen hatten nicht einmal Zeit, zu realisieren, dass dies unweigerlich das Ende war. Nach einer Stunde erreichten die Strahlen den Erdkern.

Die Walzenraumer verließen den Raum rund um die Erde und entmaterialisierten in die sechste Dimension. Wenige Minuten später explodierte der Planet. Die Gesteinsbrocken wurden in den Weltraum geschleudert. Der Mond wurde getroffen und aus seiner Bahn geschleudert. Er entfernte sich und flog langsam genau in Richtung Sonne. Auch das Schicksal der kleinen Mondkolonie war damit besiegelt. Es gab nicht einen einzigen Überlebenden. Nur die Notrufsender auf dem Mars waren von den Flashers nicht bemerkt worden, weil diese erst nach der Zerstörung der Erde aktiv wurden. Dieser Notruf breitete sich jetzt mit Lichtgeschwindigkeit in der Milchstraße aus. Ungewiss, ob er jemals von irgendeiner Intelligenz empfangen werden würde.

23

Chris sah Mai - Lin und Hendrix an. Eine Träne rollte aus seinen Augen. Ihn erfasste eine unfassbare Traurigkeit, die sich wie eine gewaltige Welle von Emotionen in seinem Kopf ausbreitete und ihn schwindelig werden ließ. Mai - Lin nahm diese Welle in gleicher Weise wahr. Nie hatte sie eine solche geballte psychische Energie von einem einzigen Menschen gespürt. Chris stand kurz vor einem Gehirninfarkt!

Es kam eine Nachricht von der Terra 801 rein. Die holographische Projektion von Carlo - Carla erschien im Raum.

„Wir haben einen Impuls vom Mars empfangen. Er erhielt eine verschlüsselte Nachricht. Der Inhalt dieser Nachricht ist allerdings erschütternd! Ich werde sie weiterleiten, nachdem wir alle Inhalte vollends entschlüsselt haben!"

Das Hologramm verschwand. Der Astrophysiker hatte eben diese sehr sachliche Art. Chris setzte sich hin und starrte ins Leere. Hendrix und Mai - Lin riefen Lotta,

Rachel, El - Tul und Mi - Rul an und baten sie alle, zur Terra 1000 zu kommen. Auch die Überlebenden der Terra 328, die auf der Terra 999 jetzt Dienst hatten, meldeten sich kurz und boten ihre Unterstützung an. Sie blieben aber zunächst dort und analysierten die Situation. Als die Truppe der Terra 999 an Bord war, kamen auch schon weitere Informationen von Carlo - Carla.

„Ich habe jetzt den gesamten Inhalt der Nachricht vom Mars entschlüsselt und an euch gesendet. Soweit ich das verstanden habe, sind seit unserem Start von der Erde unglaubliche 15 Jahre vergangen. Die hatten uns abgeschrieben und ein Siedlungsschiff mit 50 km Durchmesser gebaut und sind mit 1.000.000 Überlebenden in die Milchstraße aufgebrochen. Kurz nach dem Aufbruch wurde die Erde angegriffen und zerstört. Dann endet die Message".

Lotta sah ihren Vater an.

„15 Jahre! Unsere Bordzeit zeigt gerade mal 6 Wochen an. Wir müssen alles tun, um dieses Siedlungsschiff zu finden!" „Alle Raumschiffe sollen sofort auf allen Frequenzen einen Richtspruch senden!" meldete sich Chris wieder zu Wort. „Unsere Flotte muss unbedingt zusammenbleiben und die Sonnensysteme am Rande unserer Milchstraße absuchen." „Und dabei werden diese Systeme auf Planeten gescannt, die für eine Besiedelung geeignet sein könnten", ergänzte Hendrix.

„Also los, worauf warten wir?" fragte Chris und erhob sich. Er guckte Mai - Lin kurz an und verließ die Zentrale. Mai - Lin folgte ihm stumm. Sie spürte, dass Chris sie jetzt brauchte und sich zurückziehen wollte. Beide begaben sich in ihre Aufenthaltsräume und setzten sich vor den Holographen, der den Raum um das Schiff herum wiedergab. Der Mars war zu sehen, er wurde schnell kleiner. Plötzlich verschwand er und die anderen Planeten des Sonnensystems und es erschienen die Konturen des Hyperraumes.

Nach 15 Minuten verschwanden die Farberscheinungen des Hyperraumes und es erschien eine Sonne mit einigen Planeten im Raum. Chris ergriff Mai - Lins Hand und sah sie lange schweigend an. Sie konnte seine Gedanken fast hören, so deutlich erschienen sie ihr.

Sie empfing eine Mischung aus Selbstvorwürfen, versagt zu haben, unendlich großer Trauer, dann Hoffnung und Zuversicht, die Vorstellung, dieses Riesenschiff zu finden, die Freude, alle überlebenden Menschen wieder zu vereinen und schließlich die Vorstellung, den richtigen Planeten gefunden zu haben.

Chris hatte sogar eine genaue Vorstellung von diesem Planetensystem, woher auch immer. Mai - Lin sah deutlich eine sehr große Sonne mit 12 Planeten. Der vierte Planet sah wie die Erde aus. Derartig verblüffend ähnlich, dass Mai - Lin zunächst annahm, Chris würde sich die Erde vorstellen. Aber so war es nicht! Chris stellte sich konkret dieses System vor und der vierte Planet war nicht die Erde! Das ganze mochte knapp 50 Minuten, also fast eine halbe Stunde, gedauert haben, da ging ein Ruck durch Chris, als würde er aus einer Art Traum erwachen.

„Was war das denn?" fragte Mai - Lin. „Ich habe unglaubliche Sachen in Dir gesehen!"

„Ich kann mir das auch nicht erklären", entgegnete Chris langsam und nachdenklich, „ ich muss mir selbst erst darüber klar werden, ob das ein Wachtraum war, eine Halluzination wegen der riesigen inneren Anspannung oder ob es eine Realprojektion der Zukunft gewesen sein kann."

„Du hast ein Planetensystem gesehen, mit einer Erde!" sagte Mai - Lin jetzt. Chris sah sie an. Er nahm wieder ihre Hand und zog sie zu sich hin. Er berührte sanft ihr Haar, strich mit der Hand um ihr Gesicht, küsste sie dann so leidenschaftlich wie schon lange nicht mehr, berührte sie überall und umarmte sie dann intensiv und lange.

Er brauchte einfach diese körperliche Nähe, um seine Frau ganz nah zu spüren und sich geborgen zu fühlen.

Trotz ihrer starken mentalen Verbundenheit waren haptische Eindrücke noch nicht zu ersetzen. Sie blieben wichtig für die Gesundheit der Psyche von Menschen!

Wieder liefen ihm ein paar Tränen die Wangen herunter. Dieses Mal waren es aber Tränen der Dankbarkeit, diese wunderbare Partnerin zu haben und diese große Verbundenheit spüren zu können.

Mai- Lin empfing auch diese Gedanken und auch sie empfand große Dankbarkeit für diesen Menschen. „Wir müssen deiner Vision auf jeden Fall sofort nachgehen", sagte sie, „vielleicht hattest Du tatsächlich eine Art Eingebung." „An so etwas glaube ich nicht wirklich", sagte Chris, „aber es ist auch völlig egal, wo wir suchen. Wir haben schlichtweg keine Ahnung, wo es erdähnliche Planeten in der Milchstraße gibt."

Die beiden machten sich auf den Weg zurück in die Zentrale. „Ich möchte wissen, ob es Informationen über folgendes Planetensystem in der Milchstraße gibt!" sagte er in die Runde der dort immer noch versammelten Crew. Seine Vision wurde auch per Rundspruch an alle Raumschiffe gesendet. Auf jedem Schiff begann die Recherche nach einem solchen System. Die Quantenrechner durchsuchten sämtliche Sternenkarten, Bilder aller Observatorien und Raumteleskopen der Erde. Die Datenmenge war unfassbar. Es gab keine komprimierte Erfassung aller Sonnensysteme der Milchstraße mit deren Eigenschaften und Positionen. Zu sehr hatte sich die Forschung auf schwarze Löcher, die Entstehung des Universums und anderer galaktischer Phänomene konzentriert.

Da Planeten schwer zu orten waren und oft hinter den Energieströmen der zig- Milliarden Sonnen verschwanden, war die Suche schwierig. Es war zwar bekannt, das so gut wie alle Sonnen Planeten hatten, aber welche davon bewohnbar sein könnten, war nicht bekannt oder erforscht. Die Flotte bewegte sich zunächst in Richtung äußerer

155

Sektion der Milchstraße, weil dort die besten Bedingungen für erdähnliche Planeten vermutet wurden.

Carlo - Carla meldete sich wieder. „Ich habe einige Informationen bekommen, die hilfreich sein könnten," begann er. „wir befinden uns bekanntlich auf dem Sagitarius - Arm, einer der vier Hauptspiralarme der Milchstraße. Weiter außen verläuft noch der etwas stärkere Perseus - Arm, ca. 25.000 Lichtjahre von uns entfernt. Der Heimatplanet der Blackies, wenn es ihn denn überhaupt noch gibt, befindet sich ca. 100.000 Lichtjahre von uns entfernt genau auf der anderen Seite unserer Milchstraße, und er liegt im Scutum – Centaurius - Arm. Wenn wir intensiv in diesen äußeren Bereichen suchen, gibt es nach meinen Berechnungen die größte Erfolgswahrscheinlichkeit."

Hendrix war etwas enttäuscht. „Guter Mensch, erzählen Sie uns doch mal was Neues!" konnte er sich nicht verkneifen. „Ich war noch nicht fertig", setzte Carlo - Carla den Vortrag fort. „Im Perseus - Arm haben wir genau drei Sonnensysteme gefunden, auf die die Beschreibung von Chris Dorado zutreffen könnte."

Das saß! „Nur drei Systeme? 25.000 Lichtjahre entfernt?" fragte Sandra Meier von der Terra 328 Crew dazwischen. Sie waren alle dem System synchron zugeschaltet und hörten den Bericht wie alle technischen Besatzungen der 999 Schiffe live mit. „Als Navigatorin sehe ich da jetzt keine großen Probleme, einen Ausflug dorthin zu machen!"

„Ich sehe unser größtes Problem darin, die Kommunikation über große Distanzen zu verbessern!" mischte sich Jimmy Funsdag plötzlich ein. „Wenn wir jetzt im Weltraum herumspringen und wieder Zeitverschiebungen riskieren, riskieren wir damit auch, das Siedlerschiff niemals zu finden, alleine schon wegen dieser Raum – Zeit - Krümmungen und ständigen Gravitationswellen, die hier herrschen. Daher schlage ich vor, dass wir uns zunächst auf die Suche nach unseren

Leuten konzentrieren und dann gemeinsam eine neue Welt finden."

„Da ist tatsächlich was dran!" räumte Carlo - Carla ein. Der diverse Mensch lachte. Alle sahen sich verwundert an. „Was gibt es daran Amüsantes?" fragte Lotta. „Ich hätte diesem Typen gar nicht zugetraut, mal was halbwegs Sinnvolles von sich zu geben!" antwortete er.

Im Holographen sah man hinter Jimmy eine Frau laut loslachen. Paula Anderson stubbste Jimmy von hinten in das rechte Knie, sodass dieser leicht zusammenknickte. „Damit du etwas lockerer wirst!" kommentierte sie die Aktion. „Bleib mal auf dem Boden und heb´ hier nicht gleich ab!" „Immer diese Zwergenfrau!" schimpfte Jimmy, „man ist sich nie sicher vor dieser Person!"

„Gut!" beendete Chris den kleinen Disput. „Wir machen es am besten so, denke ich." Er blickte in die Runde, sah ins Hologramm und erntete stumme Zustimmung.

„Speichert die Koordinaten der drei Systeme in diesem Seitenarm Perseus und dann möchte ich Vorschläge zur Ortung des Siedlungsschiffes haben. Vermutlich werden die ebenfalls in den Seitenarmen nach einer geeigneten Welt suchen, daher haben wir gar keine so schlechten Aussichten!"

Auf allen Schiffen wurden die Fachleute aktiv. Es wurden Algorithmen programmiert, die auf die Daten des Siedlungsschiffes ausgerichtet waren. Masse, Form, Energiefeld, Geschwindigkeit, Strahlungswerte des Schutzschirmes und natürlich auch die mentale Energie der eine Millionen Menschen an Bord. Viele Gruppen wurden zusammengestellt, unter anderem auch ein Team mit Mi - Rul, El - Tel und anderen hochbegabten Sensorikern, die menschliche Strahlenwerte orten konnten. Es war mal wieder ein Wettlauf mit der Zeit, denn auch das Siedlungsschiff musste diverse Raumsprünge unternehmen, um die Planetensysteme zu erkunden. Je nachdem, wie sich die Zeitverschiebungen gestalteten, entfernten sich die Menschen voneinander oder rückten wieder näher zusammen. Eine mehr als ungewisse Reise.

24

Die Millions Hope berechnete ihr nächstes Ziel. Amal hatte bei der ersten Erkundungsmission festgestellt, dass er hervorragend mit der Geologin Svetlana harmonierte und gemeinsam mit ihr die telepathischen Impulse von Lebewesen noch besser empfangen konnte. Svetlana hatte längere Zeit in Mai - Lins mentaler Ausbildungsgruppe verbracht.

Beide wirkten auf den anderen gewissermaßen als Verstärker. Svetlana kam in die Zentrale und setzte sich neben Amal und Tabea. „Ich habe eine Idee, ein Gefühl, eine Ahnung." begann sie zögernd. „Fragt mich nicht, wie ich darauf komme. Früher würde ich das Intuition genannt haben, aber seit meiner Ausbildung weiß ich, dass ich irgendetwas von irgendwoher empfangen habe."

„Hört sich spannend an," erwiderte Amal, „aber nun erzähl mal!" Svetlana beugte sich leicht vor und berührte das Hologramm, welches den Weltraum projizierte. Sie drehte das Gebilde ein wenig herum und vergrößerte dann einen der Spiralarme. Darin zu sehen waren unzählige Sterne, Sternhaufen und Nebel. „Das ist, wie ihr erkennen könnt, der Perseus - Arm der Milchstraße. Die Blackies hatten berichtet, dass Leben in den Seitenarmen der Galaxien wahrscheinlicher ist. Nun passt mal auf: (sie holte die Projektion näher heran.) Leider sind unsere Sternenkarten nicht sehr differenziert, es sind sehr wenige Planetensysteme abgebildet und erfasst worden. In dieser Sektion habe ich aber einige Systeme entdeckt, die von unseren Sonden in den letzten Jahren katalogisiert worden sind. Wir könnten die jetzt alle anfliegen und erkunden. Doch von einer der Sonnen wurde ich geradezu magisch angezogen. Immer wieder musste ich diese Sonne ansehen. Als ich versucht habe, etwas über sie herauszufinden,

158

bekam ich tatsächlich die Information, dass sie 12 Planeten hat. Diese Sonne ist etwa doppelt so groß wie unsere und in etwa genauso alt. Wir sollten dorthin fliegen!" Amal sah sie an. Ihre weißen, kurzen Haare standen jetzt so hoch, als hätte sie gerade einen Stromschlag bekommen. Die innere Erregung war ihr deutlich anzusehen. Tabea, Denise und Dolph nickten nur stumm. Irgendwie spürten sie alle, dass Svetlana mit diesem Planetensystem etwas wirklich Großes entdeckt hatte. Denise bekam eine leichte Gänsehaut, und als Physikerin wusste sie das richtig einzuschätzen. Unbewusst ahnte ihr Körper, dass hier etwas sein musste.

Kurz darauf setzte das Siedlungsschiff zum Sprung in den Hyperraum an und materialisierte in dem Sonnensystem im Perseus - Arm. Die noch namenlose Sonne strahlte gleichmäßig und hatte eine Oberflächentemperatur von 8.000 Grad Kelvin. Das war etwas heißer als die heimische Sonne. Die Protuberanzen auf ihrer Oberfläche verliefen relativ ruhig, der Stern machte einen sehr stabilen Eindruck. Einen noch besseren Eindruck machten allerdings die 12 Planeten, die sie umkreisten. Der vierte und der fünfte Planet befanden sich in einer Entfernung zur Sonne, die Temperaturen im erträglichen Bereich vermuten ließen.

„Das sieht unserem Sonnensystem verblüffend ähnlich!" staunte Tabea. „Wir sollten keine Zeit verlieren und den vierten Planeten erkunden!" „Lass uns doch gleich auch den fünften Planeten ansehen, wir können ja Sonden rausschicken!" schlug Amal vor. „Also gut, programmiere die Sonden und dann los!" ging Tabea auf seinen Vorschlag ein.

25

Die Sonden übertrugen die Ergebnisse direkt auf die Holographen der Zentrale. Der vierte Planet war erdähnlich, optisch wie auch chemisch und physikalisch. Die Schwerkraft betrug 1,5 Gravos. Sie war etwas stärker als auf der Erde.

Die Atmosphäre bestand aus Stickstoff, Sauerstoff, Helium, Kohlendioxyd, Ozon, Methan und geringen Mengen anderer Gase. Es gab Meere und Kontinente mit Vegetation. Die Temperaturen gingen von 215 Grad Kelvin an den Polen bis zu 320 Grad Kelvin am Äquator, was für Menschen recht verträglich war, wenn man sich die gemäßigten Zonen aussuchte.

Vor allem verfügte der Planet aber über ein Magnetfeld, wenn auch schwächer als das der Erde. Insgesamt waren das sehr ermutigende Daten. Der fünfte Planet war ebenfalls erdähnlich, aber er war deutlich größer als der vierte und daher auch mit größerer Schwerkraft ausgestattet. Die drei Gravos waren für Menschen zwar noch zu verkraften, aber er war daher hier nur „zweite Wahl".

„Na dann, nichts wie runter mit Euch!" sagte Amal. Seine fast noch jungenhafte Begeisterung gefiel Tabea. „O.K., dann landen wir mit einem Team von Wissenschaftlern und richten eine erste Forschungsstation ein. Svetlana, Denise und Dolph, sucht euch mal zehn bis 20 Leute raus und erkundet unsere neue Heimat!"

Die Nachricht hatte alle Menschen an Bord der „Millions Hope" geradezu euphorisiert. Viele waren schon dabei, ihre „sieben Sachen" einzupacken und machten sich fertig für die Landung auf dieser neuen Welt. Tabea registrierte diese Aufbruchstimmung und gab eine Anweisung an alle heraus, sich zunächst einmal zu gedulden.

„Wir müssen vorsichtig sein und dürfen nichts überstürzen!" begann sie, „so sehr ich eure Ungeduld und Freude auch verstehen kann! Aber wir werden mit einem kleinen Team einige Wochen auf diesem Planeten verbringen und alles genau erkunden und analysieren. Bitte habt dafür Verständnis! Wir müssen wirklich ganz sicher sein, dass uns hier keine üblen Überraschungen erwarten."

Amal stellte sich dicht neben sie. „Lass´ uns doch eine Umfrage machen, wie der Planet heißen soll,"schlug er in ihr Ohr flüsternd vor. „Dann können sich alle Menschen schon mal damit beschäftigen und sind auch involviert in die Sache!" Tabea stimmte spontan zu. „Gute Idee!" sagte sie nur und gab umgehend diesen Vorschlag weiter.

26

Die Landung auf dem neuen Planeten verlief unspektakulär. Das Team um Svetlana hatte sich einen Landeplatz auf einem Kontinent in der Nähe eines Meeres ausgesucht. Die Achse des Planeten war nicht geneigt, es gab keine Monde. Das Meer brandete sanft gegen den Strand, goldgelber Sand und felsige Abschnitte waren zu sehen. Alle waren sehr gespannt auf die Luft, auf die Gerüche und die Gefühle, die diese neue Welt in Ihnen auslösen würde.

Svetlana betrat den Boden der neuen Erde als erste. Es folgten Denise und Dolph, dann die anderen Wissenschaftler. Svetlana hüpfte auf und ab, vergrub ihre Hände in den weichen Sand und ließ diesen durch ihre Finger auf den Boden herabrieseln. Wegen der leicht größeren Schwerkraft fiel dieser etwas schneller zu Boden als auf der Erde. Sie sog die Luft langsam und tief ein, atmete dann ebenso langsam und mit einem brummenden Geräusch wieder aus. Dann sah sie zum Himmel hoch, von dem die Sonne wolkenlos herab schien. „Fühlt sich wunderbar an!" sagte sie mehr zu sich selbst. „Einfach wunderbar!" Ihre Augen glänzten, ein wenig von der leichten Trübung durch ein paar Tränen, mehr aber noch von einem inneren Glanz, der Dankbarkeit, Bewunderung und Erleichterung auszudrücken schien.

Das Team bewegte sich gemeinsam voran. Einige Analyseroboter schwebten neben den Menschen her und entnahmen Bodenproben, Luftproben und speicherten sämtliche Daten, sendeten diese aber auch zeitgleich in die Zentrale zur „Millions Hope". „Wir stellen unser Forschungslabor am besten gleich hier auf!" sagte Dolph.

Der Biologe war sehr interessiert an den verschiedenen Bodenbeschaffenheiten und wollte weiter ins Landesinnere aufbrechen. „Lass uns zu fünft mal zur nächsten Bergkuppe fliegen und uns dort einen Überblick verschaffen!" schlug er vor. „Die anderen bleiben hier und errichten das Labor."

In einem kleinen Diskus machten sie sich auch sofort auf den Weg. Svetlana überflog die Landschaft langsam und in geringem Abstand zur Oberfläche. Sie konnten jetzt einige Lebewesen beobachten, die sich hier und dort bewegten und anscheinend flüchteten.

Auf einem etwa 1500 Meter hohen Bergmassiv etwa 100 Kilometer vom Strand entfernt setzen sie den Diskus auf. Die fünf Menschen stiegen aus und atmeten tief ein. Es bot sich ein grandioses Bild. Im Landesinneren gab es Wälder, weite Graslandschaften mit einigen Flüssen und Erhebungen.

„Ich habe noch keine Vögel gesehen!" sagte Mohammad Al Kathani, ein weiterer Biologe im Team von Dolph. Der dunkelhäutige Mann mit langen, gewellten Haaren, die er zu einem Zopf zusammengebunden hatte, war 38 Jahre alt und schon lange Zeit Mitglied des Wissenschaftsrates der Erde. Er nahm eine Hand vor die Stirn, um die Augen vor dem Sonnenlicht zu schützen und besser sehen zu können.

„Ja, bis jetzt habe ich auch noch nichts gesehen, was hier herumfliegt, außer uns!" erwiderte Dolph.

Sie flogen weiter ins Land, über Berge, Hügel, Flüsse. An einem breiteren Fluss landeten sie erneut.

Dolph und Mohammad gingen, bis zu den Knien im Wasser, nebeneinander durch den Fluss. Die Strömung war gering, das Wasser leuchtete irgendwie türkis, sie konnten bis auf den Boden sehen. Es gab keine Bewegungen, keine sichtbaren Lebewesen. Einige Wasserpflanzen nahmen sie heraus und gaben diese in die Analyseroboter. Mohammad holte einen kleinen Becher heraus und nahm eine Wasserprobe, die er ebenfalls zur Analyse gab. Svetlana sammelte viele Bodenproben, Denise guckte fast immer nur auf ihr Messgerät zur Analyse der physischen Gegebenheiten. Die Gruppe spazierte noch einige hundert Meter am Flussufer entlang und machte sich dann auf den Rückweg.

Langsam, wirklich relativ langsam schien die Sonne unterzugehen. Der Planet brauchte für eine Umdrehung 12 Erdenstunden. Die Erde schaffte das damals in 10 Stunden.

„Wir fliegen mal zurück, für heute reicht es." sagte Dolph.

Die Menschen der „Millions Hope" hatten inzwischen den Namen abgestimmt. Die neue Erde sollte „Spes" heißen. Der Name bedeutete „Hoffnung".

Drittes Kapitel – Evolution

In den nächsten Jahren bauten die Menschen eine Siedlung am Rande eines Meeres. Sie hatten die Hoffnung, die 1000 Raumschiffe mit Chris Dorado jemals wieder zu sehen, so gut wie aufgegeben. Nach 5 Jahren waren alle Menschen in Appartements in „Spes - City" untergebracht, gingen ihren Beschäftigungen nach und es entstand eine neue Gesellschaft. Die Kinder und Jugendlichen wurden in allen Bereichen unterrichtet und erzogen, wie es sich auf der Erde schon bewährt hatte.

Tabea und Amal gründeten eine Familie. Im Jahre 5 gebar Tabea eine Tochter. Die kleine Amira war eines der ersten Babys, die auf Spes geboren wurden und sie wurde wohl behütet. Die Babys wuchsen in einer sehr ruhigen, naturnahen Umgebung auf und wirkten irgendwie ruhiger und ernster als die Babys damals auf der Erde.

Niemand dachte sich zunächst etwas dabei.

„Unser Mädchen scheint sich schon Gedanken über sich und uns zu machen", sagte Amal zu Tabea.

„Ich empfange relativ klare Gedankenmuster, obwohl sie erst 6 Monate alt ist!"

Tabea konnte dies nicht so klar sagen, denn Amal war eindeutig der bessere Telepath von ihnen.

„Ich spüre eher, dass die Kleine sehr aufmerksam ist und ihre Umwelt sehr bewusst wahrnimmt. Sie gibt uns auf ihre Art auch ganz klare Zeichen, was ihr fehlt und wann sie sich wohlfühlt. Ich liebe sie unendlich!"

Sie strahlte Amal verliebt an und legte ihre Hand auf seine Schulter. Gleich nach der Geburt hatte sie ihre schlanke Figur wieder erlangt. Bei einem Alter von nur 25 Jahren war dies aber auch nicht ungewöhnlich. Sie überragte Amal um ca. 10 cm und drehte ihn an seinen Schultern nun ganz zu sich herum. Zu seiner Überraschung küsste sie ihn leidenschaftlich und drängte ihn langsam ins Schlafzimmer.

„Ich glaube, die Kleine schläft gerade!" flüsterte sie und begann, ihm den Overall zu öffnen. Ehe er irgendetwas sagen konnte, lagen sie im Bett und liebten sich zum ersten Mal seit der Geburt von Amira wieder.

Im benachbarten Appartement wohnten Dolph und Mohammad, die ebenfalls ein Paar geworden waren. Die beiden Biologen arbeiteten im selben Institut und hatten sich dabei ineinander verliebt. Der Planet beherbergte eine große Anzahl von Pflanzen und Tieren, die erforscht werden sollten. Tatsächlich gab es keine fliegenden Lebewesen hier, weder Vögel noch Insekten. Dafür wimmelte es in den Meeren nur so von Leben. Interessanterweise entdeckten sie eine Art von Kraken, der in großen Gemeinschaften lebten. Sie bauten sich Behausungen und übernahmen differenzierte Tätigkeiten. Diese Kraken hatten sechs Tentakel und konnten einige Zeit sogar an Land leben. Ihr Verhalten zeugte von einer Intelligenz, die bei anderen Lebewesen hier noch nicht entdeckt worden war.

Es gab also überraschende Ähnlichkeiten mit der Entwicklung von Leben auf der Erde. Das Forschungsteam war gerade dabei, eine Kommunikation mit ihnen zu testen. Dabei halfen Amal, Svetlana und zwei weitere Mentalisten, denn die Kraken sendeten telepathische Impulse aus.

Sie nahmen sich vor, diese Spezies weiterhin zu beobachten, denn schließlich waren die Menschen auf diesem Planeten nur „Gäste" und das native Leben musste die Chance haben, sich ungestört weiter zu entwickeln. Vielleicht würden diese Kraken irgendwann zu der beherrschenden Intelligenz aufsteigen und eine ganz eigene Entwicklung nehmen.

2

Das Leben auf „Spes" nahm allmählich für alle Bewohner einen strukturierten und gewohnten Lauf. Jeder wurde vom Wissenschaftsrat nach seinen Fähigkeiten und Neigungen eingesetzt und konnte diese Begabungen und Kenntnisse gezielt einsetzen.

Die vielen Kinder und Jugendlichen, die mit ihren Eltern auf dem Siedlungsschiff die Erde verlassen hatten, sogen die Informationen aus den digitalen Bibliotheken begeistert auf. In den Schulen waren die Lernerfolge exorbitant hoch.

Eine Analyse der Ergebnisse ergab schon nach den ersten 5 Jahren erstaunliche Verbesserungen gegenüber den Werten auf der Erde. Ein Team von Pädagogen wertete die Daten aus, hatte aber zunächst keine plausible Erklärung dafür. Sie setzten sich mit einem anderen Team des Wissenschaftsrates zusammen, welches aus Geophysikern und Astrophysikern bestand.

Die Erkundungssonden hatten alle Daten gesammelt, die die Art und Weise der Sonnenstrahlung, Strahlenkonzentration auf dem Planeten, in der Atmosphäre und den Mineralien und Pflanzen genau spezifizierten. Hinzu kamen Daten über die Zusammensetzung der Luft und des Wassers. Als diese Daten dann mit den Werten der Erde verglichen wurden, gab es keine großen Überraschungen.

Lediglich die Strahlenwerte der Sonne von „Spes" unterschieden sich in vielen Details. Neben den zu erwartenden Strahlen von kurzwellig bis hin zu langwelligen Eigenschaften gab es Strahlen, die noch nicht genau identifiziert werden konnten. Und die neue Sonne sendete erheblich größere Mengen an elektromagnetischen Wellen mit Quantenenergien in einer Wellenlänge von etwa 10 nm (Nanometern) nach „Spes".

Diese Art von Röntgenstrahlung sowie die Gammastrahlung, die durch radioaktiven Zerfall auf der Sonne entstanden, erreichten „Spes" daher in deutlich höherem Maße als das bei der Erde damals der Fall war.

Zwar wurde auch hier die radioaktive Strahlung durch die Atmosphäre abgeschirmt und das Magnetfeld schützte die Oberfläche vor weiteren, dem biologischen Leben nicht zuträglichen Strahlen, jedoch nicht in gleichem Umfang. Was genau das zu bedeuten hatte, war bis jetzt noch nicht geklärt. Ein weiteres Team von Biologen, zu dem auch Dolph und Mohammad gehörten, begann damit, die Auswirkungen auf den menschlichen Organismus zu erforschen.

Und diesem Team gelang schließlich der Nachweis, dass sich im Genom der jungen Menschen winzige Veränderungen gebildet hatten.

Diese Veränderungen betrafen viele Sequenzen der DNA- Doppelhelix. Es würde noch einige Zeit brauchen, diese Veränderungen den entsprechenden Bereichen des menschlichen Körpers zuzuordnen.

„Wir müssen uns zunächst auf die Auswirkungen auf das Gehirn konzentrieren", sagte Dolph.

„Anscheinend gibt es hier positive Entwicklungen."

„Wir werden eine Testreihe bei verschiedenen Jahrgängen durchführen müssen, um dazu Klarheit zu bekommen!" ergänzte Mohammad.

„Das wäre ja absolut faszinierend, wenn die neue Sonne unser Leben hier ganz neu definieren könnte!"

„Mir ist das noch nicht ganz geheuer", gab Dolph zu, „geht alles ein wenig zu schnell, findest du nicht auch?"

„Normalerweise brauchen Veränderungen des Genoms Jahrtausende, um zu wirklichen Veränderungen des Lebens zu führen."

Dolph veranlasste die neuen Testreihen und informierte die Ausbildungszentren und die anderen Teams.

„Das verspricht sehr spannend zu werden!" freute sich Mohammad und stubbste Dolph leicht an. Da war es

wieder, dieses jungenhafte Leuchten in seinen dunklen
Augen, dachte Dolph, wie ein geheimnisvolles, dunkles
Feuer voller Energie und Freude am Entdecken.
Plötzlich hatte er eine Idee. Er wollte unbedingt Amal
und Svetlana davon berichten, damit dieser sein Team aus
Mentalisten mit in die Untersuchungen der Kinder
einbezog. Die Veränderungen ließen sich ganz sicher auch
über die mentalen Signale, die die Kinder ausstrahlten,
erforschen.

Doch bevor die Menschen auf „Spes" sich dieser neuen
Entwicklung intensiv zu widmen begannen, meldete die
Raumüberwachung eines Tages, im Jahre 7, das
Auftauchen von 999 Raumschiffen in ihrem Sonnensystem.

3

Die Flotte der Menschen hatte das erste der drei
Systeme, die infrage kamen, erreicht. Sie fanden ein
Sonnensystem mit 12 Planeten vor. Ziemlich schnell
ergaben die Daten, dass keiner der Planeten für Menschen
geeignet war. Auf einem gab es zwar Wasser und eine
Atmosphäre, allerdings nicht in der richtigen
Zusammensetzung. Die genauen Analysen ergaben keine
Lebensformen, dieser Planet war unbelebt.

„Auf geht's zum nächsten Ziel!" sagte Chris zu Hendrix.
„Wir dürfen keine Zeit verlieren!"

„Eine interessante Formulierung, die in Anbetracht der
Zeitverschiebungen bei Raumflügen eine ganz neue
Bedeutung bekommt!" sagte Hendrix nachdenklich.

„Wir müssen unbedingt dieses Phänomen ergründen.
Wenn wir wissen, wann es zu Zeitdehnungen oder zu
Zeitstauchungen kommt, können wir das sogar für uns
nutzbar machen!"

Hendrix hatte wieder Zuversicht erlangt und war in
seinem Element.

„Stell dir vor, Zeitreisen lägen dann im Bereich des
Machbaren!"

„Das ist wirklich faszinierend, entgegnete Chris gedankenverloren, „auf diesem Gebiet lohnt es sich, weiter zu forschen!"

„Ich werde ein Team zusammenstellen, das sich sofort damit auseinandersetzen soll! Carlo - Carla sollte dabei sein, die Leute aus der Terra 328 und 801 also. Ich traue denen sehr viel zu!"

Chris nickte, war aber etwas abwesend, denn er sah starr auf die holographische Projektion des Weltalls. Er hoffte so sehr, endlich die überlebenden Menschen zu finden.

Die Flotte sprang zum zweiten Planetensystem im Perseus - Arm der Milchstraße. Als sie materialisierten, erschien sofort eine Sonne mit wieder 12 Planeten. Mai - Lin, El - Tel und Mi - Rul stürmten in die Zentrale.

„Wir empfangen unglaubliche Mengen an menschlichen Impulsen!" rief Mai - Lin als erste.

„Es ist unglaublich!" freute sich El - Tel. „Wir haben sie gefunden!" Chris sah sie ungläubig an.

„Seid ihr ganz sicher?" „Aber natürlich!" sagte Mai -Lin, „Daran gibt es nicht den geringsten Zweifel! Wir sind am Ziel!"

Carlo - Carla meldete sich über Holophon.

„Die astrophysischen Daten sind nahezu perfekt! Der vierte Planet dieser Sonne ist unserer Erde verblüffend ähnlich. Ich denke, wir müssen hier nicht erst analysieren, sondern sollten sofort Kontakt zu unseren Freunden aufnehmen!"

„Haben Sie Freunde gesagt?" fragte Chris.

„Ja natürlich, alle Menschen sind doch unsere Freunde, oder?"

„Da haben Sie natürlich recht, so hatte ich das noch gar nicht gesehen!" gab Chris zurück.

„Eine schöne Art, zu denken!" dachte er bei sich. Und ein Gefühl der unendlichen Freude und Erleichterung nahm von ihm Besitz. Irgendetwas in ihm dachte plötzlich:

„Aber das ist erst der Anfang dieser langen Reise der Menschheit!"

Er sah Mai - Lin an.

„Hast du das auch empfangen?" Sie sah ihn an.

„Ja, es ist wieder so wie deine Vision von diesem Planetensystem! Es sind dieselben Schwingungen, dieselbe Intensität!"

„Was passiert in mir?" fragte Chris. „Ich kann mir das nicht erklären!"

„Vielleicht hängt das mit deinem Kontakt zu der Intelligenz im Parallel - Universum zusammen?" sagte sie nachdenklich. „Aber was auch immer es ist, es hat uns bis hierher sehr geholfen. Jetzt müssen wir zunächst einmal zu den Menschen herunter und sie begrüßen!"

„Ich denke, die werden uns begrüßen!" sagte Jimmy Funsdag über Holophon. „Das wird `ne geile Party geben!"

„Musst du immer so peinlich sein?" stieß Paula ihn im Hintergrund auf den Bauch.

„Benehme dich doch einmal wie ein erwachsener Wissenschaftler!" Jimmy grinste nur und sah sie an.

Er vergaß das Holophon zu deaktivieren.

Die Crew der Terra 1000 konnte miterleben, wie er Paulas Kopf zärtlich zwischen seine riesigen Hände nahm und sie leidenschaftlich küsste. Anfangs sah es nach einer Gegenwehr Paulas aus, aber kurz darauf umarmte sie Jimmy und erwiderte den Kuss ebenso leidenschaftlich.

„Sie können die Verbindung jetzt unterbrechen", sagte Chris humorvoll. „Die Fortsetzung sehen wir uns später an!"

Die Crew lachte erleichtert auf und dann mussten alle noch mehr lachen, als sie das glucksende Lachen der jungen Blackies hörten.

Die 999 Raumschiffe begaben sich in geostationäre Umlaufbahnen und machten die Beiboote bereit.

Der erste Kontakt mit den Menschen auf dem Planeten war bemerkenswert.

Tabea Sirius und Amal Singh erschienen in dem Raum als holographische Personen.

„Wir sind unendlich glücklich, dass wir euch alle wiedersehen!" begann Tabea.

„Aber warum hat das 22 Jahre gedauert?"

Chris sah Mai - Lin und die anderen im Raum ungläubig an. „Wir waren nach unseren Bordchronometern nur knapp 8 Wochen unterwegs!" entgegnete er. „Ich denke, wir haben uns unfassbar viel zu erzählen! Geben Sie uns die Koordinaten durch, auf denen wir landen können!"

„Wir haben eine Stadt am Rande des Meeres gebaut. Sie können mit den Beibooten dort landen!" antwortete Tabea.

4

Tabea und Amal trauten ihren Augen und Ohren nicht. „Wenn das unsere Raumflotte ist, die vor über 22 Jahren von der Erde aufgebrochen ist, gleicht das einem Wunder!" sagte Amal.

„Wir müssen sofort versuchen, Kontakt aufzunehmen." Tabea gab entsprechende Weisungen an die Kommunikationszentrale und kurz darauf erschienen mehrere Personen im Holographen. Nach der Begrüßung und dem Austausch erster Informationen landeten 10 Beiboote der Raumflotte auf dem Weltraumbahnhof von Spes - City.

Die Delegation der Raumflotte und die Gruppe der Menschen aus der Stadt trafen sich in einer großen Halle und es gab freudige Umarmungen.

„Lassen Sie uns in den etwas gemütlicheren Besprechungsraum gehen," sagte Tabea zu Chris und Mai - Lin.

„Wir haben viel zu reden. Sie führte die Gruppe von 13 Menschen und zwei Blackies durch ein paar Flure, dann durch einen Antigravlift in die obere Etage des Gebäudes in einen lichtdurchfluteten Raum mit herrlichem Blick auf das Meer und Spes - City.

„Das haben Sie alles in nur 7 Jahren geschaffen?"
wunderte sich Mai - Lin.

„Ja, wir waren natürlich auf die Besiedlung eines neuen
Planeten vorbereitet und daher gab es schon sehr viele
fertige Module im Siedlungsschiff. Mit Hilfe der
unzähligen Menschen und Androiden konnten diese dann
sehr zügig zu einer Siedlung zusammengefügt werden.

Aber es ist längst noch nicht alles fertig, und wie ich
sehe, brauchen wir hier jetzt deutlich mehr Platz für die
nächsten 2,5 Millionen Menschen!" Tabea lächelte dabei
stolz und sah Amal an.

Mai - Lin bemerkte sofort die starke mentale
Ausstrahlung dieses Mannes und dachte ein paar
Gedanken in seine Richtung.

Er sah sie an und entgegnete: „Ja, Sie haben es ganz klar
erfasst! Wir sind ein Paar und arbeiten in verschiedenen
Teams an der Erforschung dieses Planeten. Unsere Tochter
Amira ist jetzt 2 Jahre alt. Und ich freue mich, Sie und
Chris Dorado endlich einmal kennen zu lernen, denn
bisher gab es nur Erzählungen von seinem Vater und ihm
und wie die Flotte vor 22 Jahren nach Andromeda
aufgebrochen war."

Mai - Lin war beeindruckt. Dieser junge Mann hatte
starke telepathische Fähigkeiten. Sie sah sofort das
Potenzial einer Zusammenarbeit mit den mentalen
Gruppen der Flotte. Es gab so unendlich viel zu tun jetzt!

„Lassen Sie uns doch zunächst einmal klären, wie es zu
diesen Zeitverschiebungen gekommen ist!" sagte jetzt
Chris zu Tabea.

„Wir haben hier mit Carlo - Carla du Mont von der Terra
801, Petra Mc Sydney, Sandra Meier von der leider
zerstörten Terra 328 und Hendrix Escapening
hervorragende Experten für Astronautik und Navigation,
die mit Ihrem Team daran forschen können."

Die weiteren Gespräche drehten sich natürlich um die
Ereignisse in Andromeda, der unglaublichen transmittalen
Versetzung in ein Parallel – Universum, der Begegnung

172

mit diesem faszinierenden Volk, das nur aus mentaler Energie zu bestehen schien und die Rückkehr in die Milchstraße mit der entsetzlichen Entdeckung der Zerstörung der Erde.

Die Menschen des Siedlungsschiffes berichteten über die Invasion der Flashers und die geglückte Flucht von der Erde bis in dieses Planetensystem.

Am Ende des ersten Tages der Wiedervereinigung der Menschen wurden für die nächsten Tage, Wochen und Monate viele Forschungen und Aktionen vereinbart, um die Menschen von den Raumschiffen möglichst schnell in die Siedlung auf „Spes" zu integrieren. Doch dies würde sicher noch viele Jahre in Anspruch nehmen.

Solange mussten die Raumschiffbesatzungen auf ihren Raumschiffen bleiben oder konnten nach Wahl auch auf das Siedlungsschiff umziehen. Dieses kreiste noch immer um den Planeten und war voll in Funktion. Spes hatte keine Trabanten und diese 50 km Durchmesser große Kugel war so etwas wie ein Ersatz dafür!

5

Im Jahre 20 gab es für alle 3,5 Millionen Menschen Appartements in Spes - City. Die Raumschiffe umkreisten in geostationärer Umlaufbahn den Planeten. Sie waren nur mit Androiden besetzt und lieferten alle gewünschten Daten, die für die Erforschung des Umfeldes erforderlich waren. Das Siedlungsschiff wurde zu Schulungszwecken für die jungen Menschen genutzt, die alle schon auf Spes geboren worden waren.

Die Forschungen zu den Gen - Veränderungen hatten ergeben, dass die Gehirne der Neugeborenen erheblich leistungsstärker waren und diese Kinder und Jugendlichen über unfassbare mentale Fähigkeiten verfügten. Es waren ernsthafte, nachdenkliche Kinder, die von ihren Eltern immer wieder auf die humorvolle und leichte Seite des Seins aufmerksam gemacht werden mussten.

Chris war jetzt 62 Jahre alt und Mai - Lin 61. Ihre Töchter Rachel und Lotta hatten beide zwei Kinder. Sie besaßen unglaubliche mentale Fähigkeiten und hatten es als erste geschafft, ihre Körper alleine durch Gedankenenergie zu bewegen.

So wurden die schon vor Jahrhunderten überlieferten Berichte über indische Jogis, die alleine durch Meditation und Konzentration auf ihr Inneres in der Lage gewesen sein sollten, ihren Körper einige Zentimeter hoch schweben zu lassen, bestätigt. Damals wurde dies aus wissenschaftlicher Sicht stets abgelehnt und Beweise dafür als für nicht nachvollziehbar erklärt.

Jetzt zeigte sich, dass dies durchaus möglich war und diese Jogis anscheinend der Entwicklung um Jahrhunderte voraus gewesen waren.

Rachels Töchter Laetitia und Valentina waren jetzt 8 und 10 Jahre alt, Lottas Jungs Khalif und Amanullah waren 9 und 12.

Sie arbeiteten in einer der vielen Gruppen mental hochbegabter Kinder. Die vier konnten sich auch parapsychisch voll vernetzen und die mentalen Kräfte dadurch verstärken. So waren sie in der Lage, nicht nur sich selbst, sondern auch Gegenstände bis zu einem Gewicht von 1 Tonne schweben zu lassen. Diese neue Art der Verstärkung der mentalen Energien durch Zusammenschluss einzelner Individuen wurde in den nächsten Jahren immer weiter verbessert.

Die Quelle dieser Energien war nicht eindeutig nachweisbar. Es musste eine Möglichkeit geben, dass die entsprechenden Gehirnregionen ihre Energie, also die Grundspannung der Nervenimpulse, durch Zufuhr einer energetischen Kraftquelle von außen exorbitant verstärken konnten.

Diese Energie wurde vom Bewusstsein der Menschen gebündelt wie das Licht in einem Laser und dann auf das Objekt abgestrahlt. Die hochbegabten Kinder konnten die Frequenzen ihrer Kraftquelle in den Gehirnregionen

174

bewusst modifizieren und dadurch sehr viele andere „Bewusstseine" erreichen, mit ihnen kommunizieren und die Kräfte verstärken.

Mai - Lin und Chris konnten diesen Veränderungen nur staunend beiwohnen, hatten aber selbst keine Steigerungen ihrer Fähigkeiten in Aussicht. Die Strahlung der Sonne veränderte anscheinend nur hier geborene Menschen und die sich vererbenden Gene.

Allmählich verlagerte sich die Forschung alleine auf diese mentalen Fähigkeiten und die neue Welt veränderte sich rasant. Da immer mehr Menschen durch ihre mentalen Fähigkeiten handlungsfähig und kommunikationsfähig waren, wurde Sprache, Lesen und Schreiben sowie körperliche Fitness vernachlässigt.

Chris und Mai - Lin fanden das etwas schade, nahmen die Entwicklungen aber ebenso neugierig wie dankbar an.

„Ich glaube, hier passiert etwas Unvorstellbares mit der Menschheit!" sagte Chris zu Mai - Lin und ihren beiden Töchtern.

„Wenn die Entwicklungen in diesem Tempo weitergehen, werden die Menschen bald ganz auf ihre Körper verzichten können!" Rachel sah ihn an.

„Ja, es könnte in diese Richtung gehen", meinte sie.

„Aber du hattest doch in dem Parallel - Universum Kontakt zu solchen Wesen. Du sagtest, sie hätten angedeutet, dass dies der Weg aller intelligenten Lebensformen im Universum sein kann, wenn sie sich nur lange genug weiterentwickeln."

„Ja, die Stimme in mir hatte merkwürdige Andeutungen gemacht, so, als wenn sie uns Menschen irgendwann einmal wiedertreffen würden", entgegnete Chris.

„Wir werden das sicher nicht mehr erleben, aber vielleicht schon eure Kinder!"

„Na ja, so schnell wird es wohl nicht gehen, aber es wird auch nicht mehr so lange dauern wie eine normale Weiterentwicklung unserer Gene auf der Erde gedauert hätte!" sagte jetzt Lotta.

„Dann war die Invasion der Flashers im Grunde nur eine Beschleunigung der Entwicklung der Menschen!" warf Mai - Lin ein.

„Aus grausamem, unerträglichem Leid von Milliarden Menschen ist etwas Positives entstanden, das ist doch immerhin tröstlich!"

„Schon immer haben Katastrophen auch auf der Erde für einen Evolutionssprung gesorgt," sagte Chris, „denke nur an das Aussterben der Saurier durch Meteoriten und das Emporstreben der Säugetiere in den darauffolgenden Zeitaltern. Und viele Eiszeiten und Flutkatastrophen haben den Menschen jedes Mal einen Technologie- und Entwicklungssprung ermöglicht. Und das immer mit sehr großen Opfern an Menschen!"

„Die kosmische Geschichte erlebt für uns einen ganz neuen Sinn!" behauptete Rachel nun.

„Stellt euch vor, die Entwicklung von biologischem Leben aus vorher toter Materie war nur ein erster Schritt hin zu einer neuen Energieart!

„Wie meinst du das?" fragte Lotta skeptisch. „Ist doch klar", erwiderte Rachel, „das Universum entstand wahrscheinlich durch den immer noch priorisierten Urknall. Danach strebte diese ungeheure Energie in die Leere des Alls. Nach und nach verdichteten sich Energiefelder zu Wolken, die Wolken zu Materie, die Materie zu Sonnen und Planeten. Materie ist ja nichts anderes als hoch verdichtete Energie, aber eben tote Energie!" Alle sahen Rachel sprachlos an.

„Und diese Materie begann dann an wenigen Orten im All zu leben. Eines der unfassbaren Wunder und Rätsel der Entwicklung.

„Doch wozu brauchte es biologisches Leben im Universum?" stellte sie sich selber eine Frage und beantwortete sie auch gleich selbst.

„Ganz einfach: diese Lebensformen sollten am Ende dafür sorgen, dass eine neue Energieart entsteht, nämlich intelligente Energie, bewusste Energie, die sich selbst kontrollieren und durch Raum und Zeit reisen kann, sozusagen als Krone der Schöpfung allen Seins!"

Rachel guckte in die Runde ihrer Familie.

„In der Tat, eine wundervolle Erklärung für diesen Wahnsinn, den die Menschen sich immer angetan haben und den die Flashers dann den Menschen zugefügt haben. Wenn das alles wirklich einen höheren Sinn ergeben sollte, will ich mich nicht mehr beklagen über diese mühsame Entwicklung, die in unzählige Sackgassen geführt hat", sagte Chris fasziniert.

„Wir sollten deine Thesen in die wissenschaftlichen Räte einbringen und dort von den jungen Menschen erörtern lassen. Die begreifen ohnehin schon sehr viel mehr von der Schöpfung als wir Erd- Generationen."

„Eine gute Idee", stimmten Rachel und Lotta gleichzeitig zu. Lass uns das unseren Kindern erzählen und hören, was sie dazu meinen!"

„Die Forschungen an den Raum – Zeit - Gefügen, Gravitationswellen, schwarzen Löchern und unzähligen Anomalien während der interstellaren Raumflüge hat in den letzten Jahren gewaltige Erkenntnisse gebracht", sinnierte Chris.

„Wir wissen jetzt, wann die Zeit gedehnt und wann sie gestaucht wird. Wir können somit Raumflüge gezielt durchführen und bei der Rückkehr durch Stauchungen dafür sorgen, dass die Reisenden in der gleichen Zeitebene zurückkehren. Doch wenn die mentalen Fähigkeiten der Menschen in diesem Tempo weiterwachsen, brauchen wir diese ganze Technik gar nicht mehr! Reisen durch Raum und Zeit alleine durch Gedankenkraft!"

„Früher war das reine Science - Fiction, wenn nicht gar Fantasie Erzählung!" sagte Mai - Lin zu den Kindern.

„Jetzt seid ihr die neue Realität ganz neuer Menschen! Irgendwie unfassbar, aber auch unfassbar schön!"

6

Im Jahre 99 gab es auf Spes 4 Millionen Menschen. Aber diese Menschen unterschieden sich schon erheblich von ihren Vorfahren, die auf Spes gelandet waren. Jede der fünf neuen Generationen entwickelte sich schneller und veränderte sich dramatischer. Die meisten Menschen dieser fünften Spes - Generation konnten nicht mehr gehen, ihre Körper waren stark zurückentwickelt. Dünne Arme und Beine, ein schlanker Körper, doch ein überdimensional großer, haarloser Kopf. Sie wurden den Blackies immer ähnlicher, von ihrer Statur zumindest, nur nicht so groß. Die Hautfarbe blieb eher hell, die geistigen Fähigkeiten waren schier unglaublich. Die beiden Blackie - Kinder waren die einzigen Wesen aus der alten Zeit, die jetzt noch lebten. El - Tel und Mi - Rul waren 125 Jahre alt. Sie waren sozusagen im besten Blackie - Alter und konnten den Entwicklungen nur staunend zusehen. Chris Dorado war mit 95 Jahren gestorben, seine Frau Mai - Lin ein paar Jahre früher. Chris konnte den Blackies kurz vor seinem Tod noch sagen, dass diese Stimme in ihm sich noch einmal gemeldet hatte und ihm eine gute Reise gewünscht hatte. Er hatte diese Message nicht einordnen können, war aber zufrieden und neugierig eingeschlafen.

Für Mi - Rul und El - Tel gab es nur eine Deutung: diese Wesen aus dem Parallel - Universum hatten seinen Geist zu sich aufgenommen und nun wartete er auf den Rest der neuen Menschheit. Ihre Deutung wurde von den Menschen allerdings mit ziemlicher Skepsis erwidert. Chris Geist war für sie keinesfalls in der Lage, sich nach dem Ableben in neue Sphären zu begeben. Vielleicht gab die Zukunft drüber eine Antwort.

Die Menschen bewegten sich mit Hilfe eines Antigrav - Sitzes, in dem sie gut geschützt und gestützt herumfliegen konnten. Den Sitz umgab ein Schutzschirm und er hatte drei Antriebsaggregate. Diese unglaublichen Gefährte waren sogar weltraumfähig, und so pendelten viele Wissenschaftler darin von Spes zu den Raumschiff - Forschungsstationen in der Schwerelosigkeit hin und her. Immer mehr Gruppen von Menschen vereinigten ihre mentalen Kräfte zu immer größeren Einheiten mit immer größerer Energie.

Schließlich gelang es ihnen, sich zeitweise komplett von ihren Körpern zu lösen und durch Raum und Zeit zu reisen. Die Energie, die sie benötigten, bezogen sie aus der kosmischen Strahlung, die sie in sich aufnehmen konnten.

Die Rezeptoren für die Aufnahme dieser „kosmischer Energie" waren in den Gehirnen der Menschen schon von den frühen Anfängen an vorhanden. Einige wenige hatten es schon immer verstanden, durch Meditationen und Konzentration auf diese Energien sich zu öffnen und diese Energien aufzunehmen. Doch immer bewegten sich diese Ideen im Mystischen und Mysteriösen.

Es war eine völlig neue Erfahrung. Energie, die aus der Fusion von Materie entstanden war, wurde zu einer Quelle für diese neue, lebendige, intelligente Energieform! Es schien sich die gesamte Schöpfung nur auf dieses eine Ziel hin entwickelt zu haben. Es war wie eine gezielte, gerichtete Entwicklung, als stünde eine Absicht, ein Wissen, ein Wollen dahinter. Das Universum als nicht zufällige Erscheinung, eine sich selbst verstehende und vorantreibende Schöpfung.

Schließlich, nach weiteren 150 Jahren, beschlossen die Menschen, sich ganz von ihren Körpern zu lösen und sich zu einer gewaltigen, geistigen Energiewesenheit zu vereinigen. Weil El - Tel und Mi - Rul diese Entwicklung nicht mitmachen konnten, entschieden sich die beiden, nach Andromeda zu reisen und dort bei ihren Mundanern zu leben. Natürlich waren auch Ra - Tul, Re - Pal und Wo - Dan noch am Leben und begleiteten die beiden als schon sehr alte Blackies dorthin. Sie nahmen die gute alte Terra 1000 und erreichten Mundan nach einer Woche. Dort hatten die Mundaner inzwischen den geheimen Flashers - Stützpunkt gefunden und nach einer wochenlangen Raumschlacht zerstört. Es lebte zwar niemand mehr von den Mundanern, die sie kannten, aber dennoch wurden sie freundlich, aber nicht ohne große Überraschung aufgenommen.

Denn auf Mundan war die Zeit dieses Mal genauso schnell vergangen und die Ankunft der Flotte der Menschen war 249 Jahre her. Die Mundaner hatten die Zeitverschiebungen bei Raumfahrten noch immer nicht beherrschbar machen können. El - Tel und Mi - Rul konnten auf diesem Gebiet jedoch endlich Klarheit schaffen und arbeiteten noch viele Jahre an der Entwicklung von Zeit beherrschenden Raumflügen. Sie berichteten natürlich auch von der Entwicklung der Menschen zu Energiewesen auf dem Planeten Spes und über die Erkenntnis, dass dies der Weg aller Intelligenzen sei. Bei den Mundanern waren diese Fähigkeiten auch weiterentwickelt worden, reichten aber bei weitem nicht an die Entwicklung der Menschen heran. Doch diese nahmen die Erkenntnis über den Sinn des biologischen Seins mit großem Interesse auf und verstärkten daraufhin die Forschungen in diesen Bereichen.

7

Die Kraken auf „Spes" waren nun wieder die einzige Intelligenz auf diesem Planeten. Langsam entwickelten sie sich zu bewussten, ihre Welt gestaltenden Wesen. Erste Werkzeuge waren entwickelt worden, mit deren Hilfe die Kraken kleine Siedlungen bauen konnten. Auch eine Schrift wurde erfunden. Zunächst konnte nur auf weichen Untergründen und mittels färbenden Stiften auf harten Steinen gekritzelt werden, doch schon bald entstanden erste Schrifttafeln und schließlich eine Art Papier auf Algenbasis. Die Lebensdauer vergrößerte sich durch bessere Ernährung, Schutz vor Hitze und Kälte sowie der

Heilung von Krankheiten. Tatsächlich wurden diese Kraken die beherrschende Spezies dieses Planeten und entwickelten sich im Laufe der nächsten Jahrtausende ständig weiter. Möglicherweise stand mit diesen Wesen wieder eine biologische Lebensform vor der nächsten Stufe der Evolution. Dies sollte allerdings noch viele Jahrzehntausende dauern. Die Strahlung der Sonne hatte nur auf das Genom von Menschen diese beschleunigende Wirkung gehabt. Schließlich waren die Kraken ja auch „Kinder" dieser Welt und von Anfang an an die Lebensumstände angepasst. Aber dies ist eine andere Geschichte!

-

Die Energie von den jetzt 6 Millionen Menschen war gigantisch! Ihre Bewusstseine erhoben sich in den Weltraum und drifteten zwischen den Galaxien. Das Erstaunliche dabei war, dass jedes Individuum auch nach der geistigen Vereinigung weiterbestehen konnte. Jedes Bewusstsein war individuell und brachte seine ganz eigenen Fähigkeiten in dieses „Überwesen" ein. Es wurde so eine Art Schwarm aus Millionen individuellen Energien, die sich gleichzeitig zielgerichtet bewegen konnten.

Sie erkannten viele junge Planeten mit hoffnungsvollen Entwicklungen von biologischem Leben. Unglaublich groß war die Vielfalt der möglichen Kombinationen von Leben in den verschiedenen Galaxien und Universen.

Schließlich gelangten sie in das allem Sein übergeordnete Parallel - Universum und fanden die Riesensonne Alone, irgendwo im Nichts und in einer Dimension, die der gesamte Schöpfung des Weltalls übergeordnet war. Wie kleine leuchtende Blasen trieben die Universen im All, verbunden durch schwarze Löcher und wie Quallen im unendlichen Ozean schwebten Galaxien wiederum in diesen Universen herum. Durch die unzähligen Verbindungen der schwarzen Löcher zu anderen Galaxien und Universen wirkte der kosmische

Raum wie ein neuronales Netzwerk. Es war wie ein urgewaltiges, kosmisches Gehirn.

Sie „sahen", nein, sie erkannten und fühlten die Schöpfung in ihrer Gänze und Grenzenlosigkeit. Die Sonne Alone kennzeichnete den Mittelpunkt und Endpunkt allen Seins, und dort fanden sie auch die Energie wieder, die zu Chris „gesprochen" hatte.

„Ihr habt den Weg zu uns gefunden!" hörten sie etwas in sich. „Seid willkommen am Ziel des Seins! Hier finden die Entwicklungen allen Lebens ein Ende und einen Anfang zugleich. Zeit spielt in dieser Schöpfung keine Rolle.

Eine schon gewaltige Veränderung der Materie, die nur durch Energie entstehen konnte. Und wiederum nach vielen Milliarden Jahren wurde diese neue Form der Energie erschaffen, die intelligente Energie.

Diese mächtigste Form von Energie speist sich durch die kosmische Strahlung und wird durch die zielgerichtete, bewusste Entwicklung ständig größer.

Seid nun willkommen und verstärkt unsere Energie und unser Wissen, seid mit uns die Sonne Alone und lasst uns auf all die anderen warten, die da noch folgen werden. Denn hier ist euer Weg zu Ende, ihr habt den Sinn allen Seins erreicht!"

Und das energetische Bewusstsein aller Menschen bemerkte eine kleine Besonderheit in der Energie dieser Sonne. Die Wesenheit eines alten Menschen, der einmal Chris Dorado genannt wurde, war deutlich zu spüren. Und ein Gefühl großer Freude und Zufriedenheit erfüllte die Energieform Mensch.

Ende?

Text auf Rückseite des Buches:

Evolution – das große Thema dieses Romans, das sich wie ein roter Faden durch all die Verwicklungen und Irrwege zieht. Wohin geht die Reise der menschlichen Art, ja des Lebens überhaupt?

Dieser spannende und packende Science- Fiction - Roman von Ingo Worm ist sein Erstlingswerk und zeigt die faszinierende Reise der Menschheit in eine gar nicht mehr so ferne Zukunft.

Begann alles mit dem Urknall? Wann entstand Materie aus dieser ungeheuren Energie? Warum entstand irgendwann im Universum die lebendige Materie, also biologisches Leben? Ist dies wirklich schon die Krone der Schöpfung?

Lassen Sie sich gefangen nehmen von großen Katastrophen, dem ersten Kontakt zu einer außerirdischen Intelligenz und einer fantastischen Entwicklung der Menschheit zu…?